書下ろし

裸《はだか》飯《めし》

エッチの後なに食べる？

草凪 優

祥伝社文庫

目次

第一話　チーズ&ハニー

1

息のかかる距離に坂下智恵美《さかしたちえみ》の顔があった。

吐息《といき》の匂《にお》いが甘酸っぱいのは、先ほど飲んだホットレモンティーのせいだろうか。

吉川和志《よしかわかずし》は金縛《かなしば》りに遭《あ》ったように動けない自分を恥じた。三十歳にもなって、キスのひとつもスムーズにできない男なんて恥ずかしいに決まっている。ましてや智恵美は二十六歳。四つも年下なのである。

このままではいけない。せっかく自宅に泊まりにきてくれたのに、このタイミングを逃《のが》せばどんどん気まずくなっていくばかりだ。キスをするのだ。下手《へた》でもいいから、気持ちの伝わるキスを……。

智恵美を見た。彼女も緊張しているようで、いまにも泣きだしそうな顔で見つめ返してくる。智恵美は眼が大きい。視線と視線をぶつけあっていると、黒い瞳に吸いこまれそうになり、和志は大きく息を呑《の》んだ。勇気を振り絞って唇《くちびる》を重ねようとした、そのとき――。

「ごめんなさい」

智恵美は和志の腕の中からするりと抜けだしていった。

「わたし……やっぱりシャワー浴《あ》びてくる」

シャワーなんていいよ、と和志は言いたかったが、智恵美は小動物のような俊敏さでバスルームに向かっていった。

「タッ、タオルとか棚に入ってるからー」

和志が言うと、振り返りもせず手を振って応《こた》え、ドアを閉めた。

急に静かになった。

和志は深い溜息をもらす。

ここは和志がひとり暮らしをしている1DKのアパートだ。智恵美は同じ証券会社で働いている事務職のOLで、交際期間は三カ月。彼女の希望で、デートはもっぱら図書館だった。本が好きなのだ。将来、小説を書きたいという夢をもっているらしい。デートが図書館なんて堅苦しいような気もするが、帰りにはレストランに寄り、夜の公園を散歩したりする。

なのに、いまだキスもしていない。

智恵美が純情すぎるからだ。小柄で可愛《かわい》らしいから、化粧っ気があまりなくても、会社のフロアでいちばん目立つ。清純な黒髪のボブカットに、驚くほど白い素肌。二十六歳にしては顔立ちや表情が初々《ういうい》しく、いっそ幼《おさな》げと言ってもいいくらいである。

そんな彼女なので、イージーに肉体関係を結んでしまうことがためらわれた。そう言えばいかにも真面目《まじめ》な男のようだが、ただ単にチキンハートなだけかもしれない。告白をし、それを受け入れてもらい、デートを重ねているのに、指一本触れられない。いい年をしてなにをビビッてるんだと自嘲《じちょう》の笑みをもらしても、両脚が震えている。キスをする前からこんな調子で、無事に朝を迎えられるのかどうか、不安になってくる。

バスルームからシャワーの音が聞こえてきた。

和志はふと思いたち、トイレのドアを開けた。用を足すためではなく、汚れていないか確認するためである。昨日、夜中までかかって家中を大掃除したから、大丈夫なはずだった。いちおう寝室のベッドもチェックする。シーツや枕カバーは、出かける前に洗濯したてのものに替えてあった。

「……マジか？」

ここにきて、大問題が発覚した。照明の豆球が切れていたのである。これでは、白々とした蛍光灯しかつかない。とてもメイクラブの雰囲気にはならない。ただでさえムードづくりが苦手なのに、これではすんなりとベッドインできないかもしれない。

焦《あせ》りつつ、必死に頭を回転させた。

前々から枕元に置くスタンドライトが欲しいと思っていたのだが、買っておけばよかった。もちろん、いまごろ後悔しても遅すぎる。スタンドライトに替わるものは、なにかないか？　懐中電灯……ダメに決まっている。ムードがないうえ、懐中電灯だってＬＥＤの白々とした光なのだ。となると、他には……。

「そうだ」

クローゼットを開け、奥のほうから段ボールを引っ張りだした。そこにはキャンドルが入っている。赤、青、緑のガラス製ホルダーに入って、サイズは手のひらに収まるくらい。十個以上あったので、片《かた》っ端《ぱし》から火をつけた。蛍光灯を消してみると、自宅の寝室とは思えないようなムーディな空間になった。

安堵《あんど》の胸を撫《な》で下ろしていると、

「やだ……」

裸身にバスタオルを巻いた智恵美が、入口のところで眼を丸くしていた。

「なんか、すごい……素敵……」

ふらふらと部屋に入ってきて、ベッドに腰をおろす。湯上がりでピンク色に上気した顔が、うっとりと蕩《とろ》ける。

「カーくんって、こういう趣味があったの？　キャンドル集めとか」

「まさか。今日のために買っておいたのさ」

和志の心臓は早鐘《はやがね》を打っていた。智恵美の大胆さに、カーくんと呼ばれて照れる余裕もない。今日は最初から、泊《とま》りの約束だった。彼女だってそれなりに覚悟をしているはずだが、いきなりバスタオル一枚とは……。

首や二の腕が細かった。その一方で、太腿《ふともも》にはボリュームがある。女らしさが匂ってくる。

「今日ね……」

和志がバスルームに行くことも忘れて見とれていると、
智恵美は足をぶらぶらさせながら、問わず語りに言葉を継いだ。

「今日もまた、佐々木《ささき》さんにいじめられちゃった……」

佐々木さんというのは、同じ会社で働いている佐々木晶子《あきこ》である。いわゆるお局《つぼね》様で、フロアでいちばん目立つ智恵美は、格好のいじめのターゲットになっているのだった。

「あの人、絶対、カーくんのこと好きよ。わたしとカーくんが話してるのを見かけると、かならずツカツカ寄ってきてなんか言ってくるもん。お茶を出すのが遅いとか、机の拭《ふ》き方がなってないとか、どうでもいいことを……」

和志は苦虫《にがむし》を嚙《か》みつぶしたような顔になった。年が上で入社した年月が早いというだけで、後輩をいじめる晶子に対し腹をたてたからではない。せっかくこれからメイクラブという雰囲気が整ったのに、愚痴《ぐち》を言いだした智恵美にがっかりしたわけでもない。

いまこの部屋をムーディに照らしてくれているキャンドル——それをプレゼントしてくれたのが、他ならぬ晶子だったからである。

2

それは和志が智恵美と付き合う直前、四、五カ月前のことだった。

晶子に誘われ、何度かふたりで飲みにいったことがある。お局様とはいえ、基本的には楽しい人なので、飲みにいくのはかまわなかったが、酔うほどに馴《な》れなれしくなり、露骨にモーションをかけてくるのには困ってしまった。

晶子は不美人《ふびじん》ではないし、それどころかハーフのように彫《ほ》りの深い美貌の持ち主で、スタイルも男好きするグラマーなのだが、年が五つも上だから、和志の恋愛対象からはずれていた。

それでも、酔えばムラムラしてしまうのは、本能と煩悩《ぼんのう》が曖昧《あいまい》な男という生き物の哀《かな》しさだろう。

「はい。これ、プレゼント」

イタリアンバルのカウンター席で、リボンのかかった小箱を渡された。その中身が、キャンドルセットだった。

「どうせ殺風景《さっぷうけい》な部屋に住んでるんでしょ。そういうのがあると、ムード満点に早替わりできるわよ」

誕生日でもクリスマスでもバレンタインでもないのに、異性からプレゼントを貰《もら》ったのは初めてだった。どういう顔をしていいか困っている和志を尻目に、晶子は驚くようなピッチでワインのボトルを空《あ》けると、

「ねえねえ、せっかくだから、キミの家に行ってそれつけてみようよ」

意味ありげに笑いながら言ってきた。

罠《わな》のような気がしたが、和志も酔っていた。断るのも面倒だったので、千鳥足で自宅に向かった。部屋に入ると、晶子はキャンドルなどそっちのけで抱きついてきた。

唇を重ねられた。舌をからめとられると、先ほどまで飲んでいた酸味の強いワインの味がした。

「ぅんんっ……ぅんんっ……」

舌を吸いあいながら、もつれあうようにして寝室に入った。まだ豆球は切れていなかった。

「本当はね、キャンドルなんかより見せたかったものがあるんだ」

ディープキスで瞳を潤《うる》ませた晶子は、そう言っておもむろに服を脱ぎはじめた。真《ま》っ赤《か》な悩殺下着が眼に飛びこんできた。ブラジャーはハーフカップで、下は食いこみもきわどいハイレグショーツ。なにしろグラマーだから、セクシーランジェリーがよく似合う。服を着ているときより魅力は百倍、いや千倍にもなったようで、あまりの興奮に和志は身震いがとまらなくなった。

「どうしたの？　キミも脱ぎなさいよ」

うながされ、和志はおずおずとブリーフ一枚になった。

「なにもったいぶってるの。男なんだから、一気に全部脱ぎなさい」

ブリーフを毟《むし》りとられると、勃起しきった男根が唸《うな》りをあげて反《そ》り返り、湿った音をたてて下腹を叩いた。自分でも恥ずかしくなるほど盛大に勃《た》っていた。和志は当時、彼女いない歴二年以上だったから、真っ赤な悩殺下着を見せつけられた時点で、そんな状態になっていた。

「やだ、すごい……」

晶子はねっとりと潤んだ熱い視線を男根にからみつかせながら、和志の体をあお向けに横たえた。両脚の間で四つん這《ば》いになり、尻を高くあげた。いやらしすぎる女だと思ったが、そんなものはまだ序の口に過ぎなかった。

男根を手指で押さえもせず、晶子は亀頭を頬張《ほおば》ってきた。ノーハンドでカリのくびれをぴっちりと唇で包みこむと、髪を振り乱して頭を振りたててきた。ヘッドバンキング＆バキューム・フェラである。

吸いたてる力が異様に強く、和志は女のようなあえぎ声をもらしてしまった。そんなことは初めてだったが、恥ずかしがっていられないほど峻烈《しゅんれつ》な快感が押し寄せてきて、もう少しで暴発の憂《う》き目に遭うところだった。

「ああんっ、すごいカチンカチン……こんなに硬くなってるの、誰のお手柄？　ねえ、誰のお手柄？」

晶子は男根を唾液にまみれさせると、和志の腰にまたがってきた。真っ赤な悩殺下着は着けたままだった。和式トイレにしゃがみこむような格好で両脚をひろげ、ハイレグショーツのフロント部分を片側に寄せた。卑猥《ひわい》なくらい逆立った陰毛を露《あら》わにして、濡れた花園に男根の切っ先を導いた。

和志は呆然と晶子を見上げていることしかできなかった。

「いくわよ……」

晶子が腰をおろしてくる。ずぶりっ、と割れ目に亀頭が沈みこむ。両脚をM字にひろげているので、結合部分がよく見えた。もちろん、わざと見せつけていることに疑いの余地はない。見せることで男を挑発し、みずからも興奮する……AVでよく見る痴女のごとき振る舞いに、和志は圧倒されるばかりだった。

「ああっ、硬いっ……本当に硬いっ……」

晶子は眉根《まゆね》を寄せたいやらしい顔でハアハアと息をはずませながら、股間を小刻みに上下させた。まだ根元まで呑みこんでいなかった。半分ほどしか結合していない状態で、割れ目を使って男根をしゃぶりあげてきたのである。

「ねえ、見える？　出たり入ったりしてるの、見える？」

「みっ、見えますっ！」

和志が首に筋を浮かべてうなずくと、

「じゃあ最後まで入れるわよ……」

晶子はねっとりした声でささやいた。

「硬いオチンチン、最後まで入れちゃうよ……んんんーっ!」

ずぶずぶと男根を呑みこみ、グラマーな裸身をのけぞらせる。裏側を見せている太腿を波打つように震わせながら、濡《ぬ》れた瞳で見下ろしてきた。

「気持ちいい?」

和志はうなずいた。もはや、雨の日に拾《ひろ》われた仔犬のように従順だった。

「ふふっ、それじゃあたくさんサービスしてあげるね?」

まだこれ以上なにかあるのかと怯《おび》える和志に見せつけるように、晶子はハーフカップのブラジャーをはずした。ゆうにFカップかGカップはありそうな、豊満すぎる巨乳だった。

「触って……」

晶子に両手を取られ、導かれた。裾野のほうからすくいあげると、ずっしりした重量感が伝わってきた。おずおずと撫でさすり、やわやわと揉《も》んだ。素肌は剝《む》き卵のようにつるりとして、揉み心地は柔らかかった。ちょっと強く揉めば、指が簡単に沈みこんだ。全体の大きさに比例して乳暈《にゅううん》も大きく、その中心に乳首が陥没《かんぼつ》していた。

それを指先でいじってやると、

「ああんっ……」

晶子は悩ましい声をもらして身をよじり、和志の乳首に両手を伸ばしてきた。コチョコチョとくすぐってきた。爪の使い方が、いやらしいほどうまかった。

「ああっ……ああんっ……」

「むうっ……むむむっ……」

文字通り乳繰《く》りあいながら、お互いに身をよじった。晶子はまだ、腰を動かしていなかった。両脚をM字にひろげたまま、男根をずっぽりと根元まで咥《くわ》えこんでいるだけだ。

しかし、身をよじりあえば、動きが生まれる。さらに激しく動くことを、我慢できなくなっていく。

「あああーっ！」

晶子が腰を使いはじめる。股間をしゃくるように、クイッ、クイッ、と前後に動かす。根元まで咥えこまれた男根が、ヌメヌメした肉ひだにこすられる。ずちゅっ、くちゅっ、と卑猥《ひわい》な音がたつ。久しぶりに味わう肉交の快楽に、和志は一瞬、気が遠くなりかけた。

「あああっ……はぁあああっ……」

晶子の腰使いは熱っぽくなっていく一方で、息つく間もなく翻弄《ほんろう》されるしかなかった。しばらくすると、晶子は上体を起こしているのがつらくなったらしく、覆い被さってきた。和志は受けとめ、唇を重ねた。すでに興奮しきっていたので、先ほどより熱烈に晶子の舌をしゃぶりまわした。

晶子の腰の動きはとまっていなかった。今度は男根をしゃぶりあげるように、肉づきのいい尻を上下に振りたててきた。

たまらなかった。

和志はもはや、忘我《ぼうが》の境地で晶子の舌を吸い、豊満すぎる巨乳を揉みくちゃにすることしかできなかった。左右の乳首を代わるがわる口に含めば、晶子は激しく身をよじってあえぎにあえいだ。お互いの素肌が汗ばんできてヌルヌルすべるのが、眼も眩《くら》むほど心地よかった。

3

バレやしないよな……。

体についたシャボンを熱いシャワーで流しながら、和志はひどく落ち着かなかった。

もちろん、バレやしないだろう。キャンドルに名前が書いてあるわけではないので、誰にプレゼントされたかなんて、わかるわけがない。

晶子と寝たのはそのときの一度限りで、それ以降、飲みの誘いも断るようになった。彼女は大人すぎて、自分にはついていけないと思った。たった一度のセックスでは酔っていたのでそれなりに盛りあがったものの、エロエロモードの彼女を思いだすと、こってりと濃厚すぎて胸焼けがした。

とはいえ、ベッドの上では過剰なほどアダルトなくせに、晶子はそれほど大人ではなかった。和志と智恵美が接近していることを目敏《めざと》く嗅《か》ぎつけると、露骨に意地悪をするようになった。それまでも若くて可愛い智恵美に対するあたりはきつかったのだが、拍車がかかった感じだった。

おそらく、関係の継続を拒《こば》んだ和志に対する恨《うら》みも加味されているのだろう。そう思うと智恵美に申し訳なかったが、真相を話すわけにもいかないので、困り果てている。

体を拭いてバスルームを出た。

智恵美もバスタオル一枚だったのでそれに倣《なら》おうと、腰にバスタオルを巻いただけの格好だった。

再び心臓が早鐘を打ちはじめる。

晶子のことはとりあえず忘れよう。

これから、智恵美とふたりで初めてのベッドインを迎えるのだ。

よけいなことは頭から追いだして、彼女のことだけ考えていればいい。彼女を愛することだけを……。

「……んっ？」

寝室の扉を開けると、智恵美の姿がなかった。キャンドルが十数個灯《とも》った部屋は外国のホテルのようにムード満点だったが、どういうわけか空舞台《から》になっていた。

「あのう……」

不意に智恵美がクローゼットの扉の陰から顔をのぞかせたので、和志はもう少しで悲鳴をあげてしまうところだった。

「なっ、なにしてるの？」

見えているのは顔だけで、首から下を扉に隠している。

「実はその……今日は最初から、お泊りの予定だったじゃないですか？」

「ああ……」

「だからわたし、寝間着持ってきたんです」

ひどく恥ずかしそうに、もじもじしながら言う。

「せっかくだから着たんですけど……なんていうか、そのう……我ながらちょっとやりすぎだったかもって……」

「大丈夫だよ」

和志は笑った。着替えたのでクローゼットの扉に体を隠し、顔だけ出しているということらしい。

「引きません？」

智恵美が上目遣いに訊《たず》ねてくる。

「引かないよ」

「絶対ですよ……約束ですからね……」

智恵美は何度か深呼吸してから、和志の眼に全身をさらした。黒いシルクのキャミソールのようなものを着ていた。寝間着というよりナイティといったほうが相応《ふさわ》しそうな、洒落《しゃれ》たデザインだった。胸元は金銀の可憐《かれん》なレースで飾られ、驚くほど丈《たけ》が短い。むっちりした太腿が、ほとんどすべて露わである。

「かっ、可愛いよっ……」

和志の声はひきつっていた。顔もそうだった。可愛いというより、倒錯的《とうさく》ないやらしさがあった。小柄な体軀《たいく》や幼げな顔と、大人っぽい黒いシルクのミスマッチが、途轍《とてつ》もなくエロティックだった。

「そんなに見ないでくださいっ!」

智恵美は真っ赤になって、和志の背中にまわりこんできた。振り返っても見られないように、必死に背中に隠れている。

やはり可愛い。

男の部屋に泊まりに来るのに特別なインナーを用意する——やっていることは晶子とさして変わりがないのに、これほど心を揺さぶられるのは、羞《は》じらい深さのせいだろう。多少演技が入っているような気もしたが、結合部を堂々と見せつけられるより、ずっとそそる。

「おいっ、隠れるなよ。せっかくなんだから見せてくれって」

「いやっ、いやっ」

後から思い返すと背中が痒《かゆ》くなりそうな攻防に、和志は夢中になった。ありがたいことに、おかげで初めての夜への緊張感がいい具合にとけていった。

「そら、つかまえた」

「きゃっ！」

ベッドに押し倒すと、せつなげに眉根を寄せて見つめられた。和志も見つめ返す。息のかかる距離で、お互いに息をはずませている。見つめあっていると、感極まって涙が出てきそうになった。智恵美もそうだった。唇を近づけていくと、智恵美は眼を細めて受けとめてくれた。

「ぅんんっ……」

すぐに舌をからめあうような、下品なことはしなかった。抱擁しつつ遠慮がちに舌先を出し、少しずつ智恵美の口を開いていく。彼女にしたって処女ではない。大学生のときに大好きな彼氏がいたと言っていたし、詳細は聞いていないけれど、ＯＬになってからもそれなりに恋愛経験を積んでいるはずだった。

なのに、こんなにも初々しいのはどういうわけだろう？

「ぅんんっ……ぅんんっ……」

ようやく舌と舌とをからめあわせると、和志は陶然《とうぜん》としてしまった。智恵美の舌は小さくてつるつるしていて、甘酸っぱい味がした。それ以上に、潤んだ瞳でうっとり見つめられるのがたまらない。

こんなにも初々しく可愛いのに、どうしてこれほどエッチな表情ができるのだろう？

和志は智恵美の黒いボブカットにざっくりと指を入れ、どこまでもキスを深めていった。智恵美もしがみついてくる。抱擁とキスだけで、こんなにも興奮したことはかつてない。

先に進むことに恐怖すら感じながら、胸をまさぐった。なめらかな黒いシルクの下は、ノーブラのようだった。手のひらにすっぽりと収まりそうな控えめなふくらみを感じた。

「恥ずかしい……」

智恵美が眼をそむけてつぶやく。

「わたしの胸、ちっちゃいから……」

「気にすることないさ……」

和志は甘くささやき、手指を動かした。幼げな顔によく似合う、可愛い乳房なのだろう。まさぐっていると、黒いシルクにぽっちりと乳首が浮いてきた。爪を使ってコチョコチョとくすぐった。

「んんんっ……あああっ……」

智恵美はぎゅっと眼をつぶって身をよじった。サイズは小さくても、感度は良好のようだった。腰に巻いたバスタオルの下で、イチモツが熱い脈動を刻みはじめた。我慢汁も、ちょっと出たかもしれない。すべての男が巨乳好きだと思ったら、大間違いだった。和志は小さなおっぱいが嫌いではない。巨乳を誇られるより、むしろ貧乳を羞じらう姿にこそ興奮する。

乳房だけではない。眼の下を生々しいピンク色に染めたあえぎ顔のいやらしさはどうだ。可愛らしさとエロティックが高次元でせめぎあい、眼を離すことができない。瞬《まばた》きもせずに見つめながら、右手を下肢《かし》に這わせていく。なめらかなシルクの生地の下に、女らしい細い体がある。ウエストがびっくりするほど薄い。キャミソールの短い裾の向こうにあるのは、太腿だった。顔に似合わず肉感的だが、まずはキャミソールの裾をそっとまくりあげていく。

チラッとそちらに眼をやると、息がとまった。智恵美の股間にぴっちりと食いこんでいたのは、バタフライと呼んでもいいような、異様に生地の面積が狭いハイレグショーツだった。色は黒だが、透けている。ストッキングのような生地でできていて、春の若草のような繊毛《せんもう》が丸見えである。

「いやっ、見ないでっ!」

智恵美は真っ赤になってキャミソールの裾を直したが、見ないでほしいならもっとディフェンス力の強い下着を穿《は》いてくればいいだけの話だった。セクシーなショーツで大人ぶりたいけど、まじまじと見られるのは恥ずかしい——智恵美が抱える矛盾に、男心が揺さぶられる。身の底からマグマのような欲情がこみあげてきて、息が苦しい。

4

心臓が爆発しそうなほど高鳴っていくのを感じながら、和志は智恵美のショーツをずりさげていった。

恥毛の量が少ないせいか、驚くほど清潔な股間だった。両脚をM字に割りひろげていっても、肌のくすみがほとんどない。アーモンドピンクの花びらは、行儀よく口を閉じて魅惑の縦《たて》一本筋を描いている。

「見ないで……」

智恵美が声を震わせ、真っ赤になった顔を両手で隠す。和志はまぶしげに眼を細め、股間から視線をはずすことができない。綺麗《きれい》な花だと伝えたかった。お世辞ではない。花びらの縮《ちぢ》れが少なく、左右対称で、なんだかよくできた和菓子のようだ。割れ目のまわりには繊毛がまったくないせいもあり、淫靡《いんび》な雰囲気が皆無である。だが、それはたしかに淫《みだ》らなことをするための性愛器官であり、その証拠に馥郁《ふくいく》とした発情のフェロモンが漂《ただよ》ってくる。その匂いもまた初々しく、嗅ぐほどに欲情が高まっていく。

「……あふっ！」

舌を這わせると、智恵美の腰は跳《は》ねあがった。和志は舌先を尖《とが》らせ、縦筋を下から上になぞりたてた。乱暴に扱えば壊れてしまいそうな繊細さが、緊張を強《し》いる。それでも舐《な》めずにはいられない。下から上に、下から上に、執拗《しつよう》に刺激していくと、智恵美の腰はガクガクと震えだし、花びらの合わせ目がはらりとほつれて、薄桃色の粘膜が露わになった。

つやつやと濡れ光っていた。その色艶《いろつや》もまた、むさぼり眺めずにはいられないほど清らかで美しかった。

「あああっ……」

舌の動きに熱をこめると、智恵美は激しく身をよじった。なにかをこらえるように、宙に浮いた足指をきつく丸めた。やはり、感度は最高らしい。にもかかわらず、手放しで乱れてしまわないところがそそる。ならば、と男心に火をつけられる。我を忘れる境地まで、追いこんでやるまでだ。

「あああーっ！」

舌先でクリトリスを舐め転がしてやると、智恵美の声は甲高《かんだか》く跳ねあがった。包皮の上から舐めているのに、顔を真っ赤にして手脚をジタバタさせる。薄桃色の粘膜はどこまでも清らかなのに、ひくひくと蠢《うごめ》きながら蜜を吐きだす。あとからあとからこんこんとあふれてくる新鮮な蜜を、じゅるっと音をたてて啜《すす》り、嚥下《えんか》する。

男目線で体の相性を推《お》しはかるのに、クンニリングスは適している。嫌な感じがするかどうかで、未来がわかる気がする。抵抗なく蜜を嚥下できれば、相性がいい。もっと啜りたくて、夢中になって舌を動かす。

「ああっ、いやっ……あああっ、いやあああっ……」

智恵美があえぐ。羞じらいながらも感じている。

いつまでも舐めていたかったが、和志は我慢できなくなってしまった。バスタオルを取って勃起しきった男根をさらし、智恵美の両脚の間に腰をすべりこませていく。ハアハアと息をはずませながらこちらを見上げてくる彼女は、まだ黒いシルクのキャミソールを着たままだった。ぽっちりと浮かんだ乳首が気になったが、そのまま結合することにする。

「いくよ……」

男根の切っ先を濡れた花園にあてがうと、智恵美は息をはずませながらうなずいた。眼の焦点が合っていなかった。ピンク色に染まった頬から、女の匂いが漂ってきた。

その匂いに誘われるように、和志は腰を前に送りだしていく。ずぶりっ、と亀頭を割れ目に埋めこみ、狭い肉壁をむりむりと押しひろげて奥に入っていく。

「んんんっ……んんんんーっ！」

智恵美の顔が歪《ゆが》む。苦しがっているように見えるが、そうではない。根元まで男根を埋めこむと、溜めこんでいた息を吐きだしながら歓喜の悲鳴を放った。艶《あで》やかな声だった。女の悦《よろこ》びを知っている声だと、和志は息を呑んだ。

自分は彼女を誤解していたのかもしれない。

オフィスで接している智恵美は、小柄だし、顔立ちは幼げだし、髪の毛は真っ黒だし、時折、事務服が女子高生の制服に見えるときがある。性格は控え目ではにかみ屋、お局様に意地悪をされていじける姿まで可愛らしい。

だが、中身は立派に大人の女だった。

性感は年相応に熟していた。

抜き差しを始めると、和志の腕の中で乱れた。眉根を寄せた恥ずかしそうな顔をしていても、リズムを合わせてきた。身をよじるばかりではなく、腰が動きだした。もっと気持ちよくなりたいという、心の声がはっきり聞こえた。けれどもそれをストレートに表現せず、こらえるだけこらえてから悲鳴を放つ。あえぎ顔を見られるのを嫌って、しがみついてくる。それでも欲情を隠すことはできず、激しく突きあげればのけぞって全身をわななかせる。

和志は体位を変えることにした。

男の見栄だった。本当は正常位がいちばん好きなのに、そればかりしていると芸のない男だと思われてしまいそうだから……。

「ああんっ！」

智恵美の上体を起こして、対面騎乗位にした。彼女の体重がかかって、結合感が深まった。和志は両手で尻の双丘をつかんだ。腰を振る手伝いをしようと思ったのだが、その必要はなさそうだった。

「あああっ……いいっ！」

智恵美は自分から動きはじめた。それもかなりこなれた動きで、腰を振りたててきた。可愛い顔に似合わない、いやらしいやり方だった。ギャップに興奮した。可愛い顔に似合わないぶんだけ、男心を燃えあがらせた。

「あああっ……はぁあああっ……はぁあああああーっ！」

両手を和志の首にまわし、股間をぐりぐりと押しつけてくる。一ミリでも深く咥えこもうと必死になり、次第にピッチをあげていくそのやり方は、〈逆ピストン運動〉とでも命名したくなるほど卑猥だった。

「むううっ……」

勃起しきった男根をしたたかに刺激され、和志の顔は燃えるように熱くなっていった。智恵美を抱きしめたかったが、そうすると彼女の動きを邪魔してしまいそうだった。両手は自然と、キャミソールの裾をめくりあげていた。艶やかな光沢を放つ漆黒《しっこく》のシルクの下から現われたのは、白い乳房だった。サイズこそ控え目だが、充分に女らしくふくらんでいた。しかも、先端で尖った乳首が淡いピンク色だった。ともすれば地肌に溶けこんでしまいそうなほど透明感があり、和志は反射的にむしゃぶりついた。

「あああーっ！」

智恵美がのけぞって白い喉《のど》を突きだす。乳首の刺激によって、腰を振りたてるピッチがあがる。ただ男根をしゃぶりあげるだけではなく、前後左右に腰を動かし、さらには緩急もつけて、摩擦の感覚を複雑にしていく。

和志は息をするのも忘れて手のひらサイズの乳房を揉み、乳首を口に含んだ。吸いたてては舐め転がし、舐め転がしては甘嚙《が》みまでして責めたてる。

「ああっ、いやっ！　いやいやいやあああっ……」

智恵美が髪を振り乱して首を振る。

「イッ、イキそうっ……もうイッちゃいそうっ……ああっ、イクッ……イッちゃうっ……イクウウウウウーッ！」

ビクンッ、ビクンッ、と腰を跳ねあげる智恵美を、和志は抱きしめた。もはや動きを邪魔することなど考えている場合ではなかった。抱きしめていないと、どこかへ飛んでいってしまいそうだった。

「あああああーっ！　はぁあああーっ！　はぁううううーっ！」

骨が軋《きし》むほど抱きしめても、智恵美は腕の中で激しく暴れた。もちろん、暴れようと思って暴れているわけではなく、体中が痙攣《けいれん》しているのだ。意志の制御を離れ、体が肉の悦びを謳歌《おうか》しているのだ。

たまらなかった。

この小さな体のどこに、これだけのエネルギーが眠っていたのかと驚かされるような絶頂だった。そういう女と性器を繋げていれば、男に生まれてきた悦びを味わえる。射精とは別の種類の恍惚《こうこつ》を体験できる。

智恵美がイキきると、和志はあらためて正常位に体位を変え、腰を使いはじめた。手放しでよがり泣く智恵美に、怒濤《どとう》の連打を送りこんでいった。

5

からっぽだった。

これほど大量に男の精を吐きだしたのは初めてではないだろうか。

おかげでなかなか呼吸が整わず、汗まみれの顔や体を拭《ぬぐ》うこともできないまま、大の字になっているしかなかった。

隣《となり》で智恵美も息をはずませていた。途中でキャミソールを脱がしたので、全裸だった。それでも、乳房や股間の翳《かげ》りを隠すことはできない。精も根も尽き果てて、呆然と天井を見上げている。

お互いの呼吸音が聞こえなくなるまで、しばらくかかった。

ようやく体を動かせるようになり、タオルで汗を拭いたり、ティッシュを性器にあてたりしていると、急に恥ずかしさがこみあげてきた。智恵美は和志以上にそうだったようで、まだ紅潮している顔を隠すように、腕にしがみついてきた。

可愛かった。

乱れちゃったね、とささやき、頭をポンポンしてやりたかったが、そんなおっさんくさいことをして嫌われてしまっては元も子もない。智恵美の肩に腕をまわし、抱き寄せた。

多幸感がこみあげてくる。

不安と緊張に押しつぶされそうになりながら始まった、初めてのベッドインだった。予想以上にうまくいったのではないだろうか。智恵美が頑張ってくれたおかげのような気もするけれど、とりあえず第一関門は突破である。数を重ねていけば、もっと気持ちよくなれるに違いない。少なくとも、体の相性が悪いということはないはずである。

きゅるるるるっ……。

不意におかしな音が鳴り、眼を見合わせた。

「えっ、わたし？」

「だと思う」

智恵美のお腹が鳴ったのだ。

ゴロゴロ、きゅるるっ……。

今度は和志のお腹だった。共鳴するかのように同じような音をたてた。どちらの音も笑えないほど切羽《せっぱ》つまった感じがしたので、ふたりの顔はこわばった。

そういえば、先ほど待ち合わせたカフェレストランで、お互いになにも食べなかったのだ。ロコモコやシンガポールライスが有名な店だったので、それを目当てに行ったのに、ふたりともドリンクしか頼まなかった。その後のことを考えると緊張してしまい、おしゃべりさえはずまないまま早々に店を出たのである。

「お腹すいたね?」

「そうだな」

「わたし、なにかつくろうか?」

「いや……」

和志は苦りきった顔で首を振った。

智恵美の手料理を食べたかったし、自分の手料理を振る舞ってもよかったが、食材がなにもない。平日は遅くまで残業なので、和志は食材を土日にまとめ買いしている。今日は金曜日だから、冷蔵庫が空なのである。

とはいえ、ゴロゴロ、きゅるきゅる、の競演は激しくなっていく一方で、このままでは眠りにもつけない感じだった。

「ピザでもとろうか？」

ふと思いついて口にすると、

「あっ、わたし大好き」

智恵美が瞳を輝かせた。

幸い、まだ宅配ピザチェーン店が営業している時間だったので、スマートフォンでメニューを眺める。

「やっぱ、オーソドックスにミートなやつ？」

「悩む。わたし、ホワイトソースも好きだし」

「シーフードはないな」

「そうね、デリバリのピザでシーフードはね」

協議の結果、ハーフ＆ハーフで、お互いに好きなものを注文することにした。和志はハムやソーセージを使ったミート系をチョイスし、智恵美はブルーチーズを使ったちょっと変わったピザを選んだ。

意外だった。

というか、できればそんなものを選んでほしくなかった。和志はブルーチーズが得意ではなかった。マズいとか、食べられないというのではなく、あの強烈な匂いに「この味がわからないと大人ではない」と威嚇《いかく》されている気がして、ハードルが高いのだ。

「飲み物はどうする?」

「アルコールは配達してくれないのよね」

「ビールくらいはうちにあったと思うけど……」

和志は冷蔵庫に行き、扉を開けた。

「缶ビールがかろうじて二本」

「やったぁ」

智恵美がはしゃぎ、和志も笑う。

ふと思いだし、冷蔵庫の野菜室を漁《あさ》った。新聞紙にくるんでラップまでした赤ワインのボトルを発見した。そうするとセラーがなくても低温で保存できることをテレビの情報番組で知り、真似《まね》したまま忘れていたのだ。

「いいもの発見した」

ボトルを智恵美に見せると、手を叩いて喜んでくれた。

「すごい、すごい。高いワイン？」

「安物だけど嫌？」

「ううん。いい思い出になりそう」

智恵美が頬を赤く染めたので、

「そうだね」

和志の顔も熱くなった。安物のワインで申し訳ないけれど、初めてのエッチのあと、裸のままピザとワインのプチパーティ――たしかに素晴らしい思い出になりそうである。

「蜂蜜《はちみつ》、あるかしら？」

「えっ？」

「蜂蜜」

無茶を言うなと、和志は苦笑した。男のひとり暮らしでそんな気の利《き》いたものがあるはずがない――と思ったからだが、きっぱり断るのも悪かったので、冷蔵庫をのぞいてみた。するとあった。友達から貰《もら》ったドイツ土産《みやげ》だった。封も切らないまま、すっかり記憶から消え去っていた。

「これでいい？」

「ふふっ、この部屋なんでも出てくるね。ドラえもんのポケットみたい」

「たまたまさ。ってゆーか、蜂蜜なんてなんに使うの?」

「それより、なんか着たほうがよくない?」

智恵美がくすくすと笑う。

「配達の人が来ても、その格好じゃ出ていけないよ」

「あっ……」

和志は全裸でいることに気づき、赤面した。クローゼットからブリーフとTシャツを出して着け、デニムを穿いたところで呼び鈴が鳴った。

6

本当はベッドで裸のまま食べたかった。

和志には昔から、高級ホテルのルームサービスに憧れがあった。充実したセックスのあとの辛口のシャンパン、あるいは、ゆうべの余韻《よいん》が残っているベッドに運ばれてくる、ヨーグルトやフルーツの並んだモーニングプレート。もちろん、予算の都合でそんな贅沢《ぜいたく》はしばらくできそうにないから、せめてそれを真似してみたかった。晶子に貰ったキャンドルはまだ消えていなかったので、部屋のムードも悪くないし……。

だが、残念ながら和志はTシャツとブリーフを着けてベッドに戻らなければならなかった。デニムは脱いだものの、智恵美が黒いキャミソールを着てしまったので、それ以上脱げなかったのである。

ふたりで並んでベッドで脚を伸ばし、その上に布団を掛け、ピザの箱を置いた。ワインボトルとグラスは枕元のサイドテーブルだ。ちょっと窮屈だが、いちおう憧れは半分叶《かな》っただろうか。

ピザの箱を開けると、チーズの焦《こ》げる香《こう》ばしい匂いがした。ミート系は赤で、ブルーチーズは白と、ハーフ&ハーフのコントラストも鮮やかである。

「そのブルーチーズのやつ、おいしいの?」

「うん、わたし大好物」

智恵美が蜂蜜の瓶《びん》の蓋《ふた》を開け、スプーンですくったので、

「まさかピザにかけるんじゃ……」

和志は驚いて眉をひそめた。甘いものは、あまり得意ではない。ただでさえ、ブルーチーズにも苦手意識があるのに……。

「そうよ」

「甘くならない？」

「大丈夫」

琥珀《こはく》色に輝くねっとりした蜂蜜を、智恵美はピザにかけた。「えっ、そんなにたくさん？」と言いたくなるような大胆なかけ方だった。

和志は内心で泣きそうになっていた。甘いピザなんて、考えただけで胸焼けがする。これはスイーツ好きな女子の、味覚の暴走ではないだろうか。マヨネーズ好きが冷やし中華にマヨネーズをかけ、タバスコ好きが味噌汁にタバスコをかけるような……。

「さあ、どうぞ。食べてみて」

しかし、そう言われれば断るわけにもいかず、和志はひと切れをホールから切り離した。具材はブルーチーズの他、ローストチキン、ズッキーニ、マッシュルーム、といったところか。

かじった。

サクッという生地の感触、ブルーチーズの独特の香り、そして……想像していたより甘くなかった。いや、全然と言っていいほど甘さを感じない。しかも、あまり得意ではないブルーチーズも、いつもより臭みを感じない。

「ブルーチーズに蜂蜜をかけるとコクが出るの」

隣で智恵美もピザをかじる。

「べつに甘くないでしょ？」

「本当だ」

和志は感嘆に眼を丸くしながら、ひと切れを口に放りこんでもぐもぐと咀嚼《そしやく》した。グラスを口に運んだ。赤ワインとの相性もばっちりだった。味つけはホワイトソースに、シーザー系のドレッシングだろうか。なぜこれほど蜂蜜が合うのだろう。やはり、ブルーチーズとの相性なのか。

試しに、蜂蜜のかかっていないところを食べてみたら、悪くはないが、やはりかけたほうが遥かに旨《うま》い。

「おいしいね」

「うん」

和志はおしゃべりも忘れて食べ、唸りながらワインを飲んだ。ミート系のピザも旨かったが、それは知っている味だった。初めて経験するブルーチーズと蜂蜜のマリアージュの新鮮さには敵《かな》わなかった。

今日という日にこれを食べたことを、きっと一生忘れないだろう。

なんとなく、智恵美という女が、蜂蜜をかけたブルーチーズのようにさえ思えてきた。

「どうかした?」

「べつに」

和志はとぼけた顔でピザを頬張り、ワイングラスを傾けた。横眼でチラッと智恵美を見た。

やっぱり、可愛かった。

大人びた黒いキャミソールがミスマッチで、それゆえにひどくエロティックに見えた。いや、これほどエロティックに見えるのだから、実のところとてもよく似合っているのかもしれないけれど……。

第二話　野菜たっぷりのラーメン

1

わたしはいったい、いつからこんなにモテなくなったのだろう？　佐々木晶子は薄暗い廊下に並んだ椅子《いす》に腰掛けながら、遠くを見つめてぼんやりしている。

中高生のときは、いつだってクラスのベストスリーに入っていたはずだし、大学生のころは絶好調で、それこそ花に群《むら》がる蜂《はち》のように男が寄ってきた。翳《かげ》りが見えてきたのはいまの証券会社に入ってからで、どう見ても自分より可愛《かわい》くない子たちが次々にお嫁《よめ》に行きはじめた。

「男はさあ、佐々木みたいな隙《すき》のない美人より、ちょっとブサイクな女のほうが安心するんだよね。食べ物にたとえればよくわかるよ。フレンチのフルコースが心の底から好きな男なんていないじゃない？　男が好きなのはラーメンにカレーに牛丼なんだよ」

男友達にそんなことを言われてぶんむくれたことはあるけれど、二十代のころはまだ余裕があった。フレンチのフルコースでなにが悪いと、自分磨きに余念がなかったものだが、三十を過ぎるとさすがに焦《あせ》りを隠せなくなった。

世の中には、フレンチのフルコースを好きな男も存在する。

おじさん、というやつである。経済的に余裕があり、味覚も洗練されている彼らは、愛嬌だけが取《と》り柄《え》の女を選んだりはしない。晶子を素敵なレストランにエスコートしてくれ、真《ま》っ直《す》ぐ眼を見て口説《くど》いてくる。

だが、晶子がダメなのだ。

おじさんが苦手なのである。

妻子持ちは論外だが、独身でも四十歳以上はＮＧ。もっと言えば、昔から年上の男がダメだった。中高生時代から告白してくるのは圧倒的に先輩が多く、大学生になるとそこに社会人が加わり、ＯＬになっても年上からのアプローチが絶えなかったが、彼らにモテても意味がなかった。

晶子が年上に興味がないからである。好きなのは、年下の男なのだ。

べつにイケメンでなくていい。素敵なレストランにエスコートしてくれる必要もない。ウブだったり、シャイなところが晶子をときめかせる。若さとは愚《おろ》かさだったり、自信のなさだったりするわけだが、そういうこともひっくるめて、年下の男が好きなのだ。

極端に年下である必要はない。

三十五歳にもなると、三十歳くらいでも充分に年下感がある。ちょうど会社に手ごろな男がいた。もはや待っているだけではなにも変わらないと、生まれて初めて自分からアプローチしてみることにした。

もう一度言う、生まれて初めてである。

さすがに告白するのは重いだろうと、酒を飲ませてそういう関係になってしまうことにした。とはいえ、しつこいようだが生まれて初めてなので、事前に綿密な計画を立て、それを台本化し、プレゼントまで用意して当日に臨み、思惑《おもわく》通りベッドインに成功した。

相手がひどく気弱なタイプだったので――そこが好きだったのだが――、セックスでもリードしてあげた。気弱な男ほどむっつりスケベが多いので、痴女のように大胆に振る舞って翻弄《ほんろう》し、熱い一夜を過ごした。

ところが、その日を境《さかい》に急に冷たくされるようになり、飲みに誘っても断られるようになってしまった。

天秤《てんびん》にかけられていたのである。それも相手は二十六歳の若い女で、絵に描いたようなブリッ子だった。千年の恋も冷めた。男はどうして、あざといブリッ子が大好きなのだろう。

絶望した、絶望した、絶望した、と呪文のように唱《とな》えたところで、独り身の淋しさは消えてくれない。女子会で自棄酒《やけざけ》を飲んでいるだけでは、出会いが訪れるわけがない。こういうときほど手数を出すべきだと自分を鼓舞《こぶ》し、晶子は今夜、行動に出た。滅多《めった》に着ない花柄のワンピースに袖《そで》を通したときは、ほとんど戦闘服に身を包む気分だった。

「お待たせしました。お席の準備が整いましたので、ご案内いたします」

黒服のボーイが声をかけてくる。晶子はすっくと立ちあがり、ボーイに続いて店に入った。

相席居酒屋である。

居酒屋といってもラウンジのように高級感のある内装で、料理も悪くないらしい。なにより、女性は無料で利用できる。ナンパ待ちの女子には夢のような店だと思ったが、同じことを考えている者も多いのだろう。薄暗い廊下で三十分以上も待たされたのは、今日が金曜日で混んでいるせいではない。女性客の数が多く、男性客の数が少ないのでマッチングできないと言われたのだ。店内に入っても、女性客ばかりが目立った。それも、晶子よりずっと若い女たちが……。

「お飲み物のご注文は？」

「芋《いも》焼酎」

「飲み方はいかがいたしましょう？」

「ロックで」

ふくれっ面で答えながら、これはダメかもしれない、と胸底で深い溜息をついた。

べつにどうしても芋焼酎が飲みたかったわけではない。セオリーでいけば赤ワインが無難なところだろう。まわりの若い女性客が、キャピキャピはしゃぎながらカラフルなカクテルを飲んでいるのが眼に入り、抵抗したくなったのだ。

わたしはべつにナンパ待ちでこの店に来たわけではない。給料日前で財政が苦しいので、タダ酒をたんまり飲みにきただけだと……。

「お待たせしました」

芋焼酎のオン・ザ・ロックスを運んできたボーイと入れ違いに、男性客がひとり、こちらに案内されてきた。

「ここ、いいですか？」

目の前の席を指差して言った。いいも悪いも、女性客には拒否権がない。だから、無料なのである。

「俺、田坂慎之介《たさかしんのすけ》って言います。二十三です。お名前は?」

「……晶子」

声がひきつった。頰《ほお》もピクピク痙攣《けいれん》していたのではないだろうか。最悪である。いくら年下好きとはいえ、二十三歳はない。ひとまわりも年下ではないか。

しかも、もう秋だというのにピッチピチの白Tシャツ一枚という無茶な格好をしている。筋肉を見せつけたいのだ。晶子のいちばん苦手なタイプだった。ガチムチの筋肉に、日焼けした肌。顔は悪くない。むしろイケメンの部類に入るかもしれないが、無駄にニコニコしているのがたまらなく嫌だ。白い歯を見せたいのだろうが、意味もなく笑っている男は馬鹿にしか見えない。

「ちょっと……お手洗い……」

晶子は立ちあがり、ふらついた足取りで歩きだした。

2

トイレから出たらそのまま帰ってしまおうと思った。

二十代のころなら、間違いなくそうしていただろう。実際、ロクな男がいない合コンでは、途中で帰ってしまったことが何度もあった。幹事にキレられても、逆ギレで応戦した。

しかし、晶子も大人になった。いくら女性客は無料とはいえ、黙って帰ってしまうのは礼を欠く。店に迷惑がかかると席に戻ったのだが……。

やっぱり帰ればよかったと後悔した。

慎之介は筋骨隆々《りゆうりゆう》の腕を誇るように、一リットルは入りそうな大ジョッキを軽々と持っていた。いまどき大ジョッキでビールを飲む人なんているのかと思った。いったいなんのアピールだろう。

「悪いわね、こんなおばさんがお相手で。飲まなきゃやってられないわよねえ」

やさぐれた気分で毒を吐くと、

「おばさん?」

慎之介は眼を丸くして驚いた。

「なに言ってるんですか。この店でいちばん綺麗《きれい》じゃないですか。超目立ってますよ。ラッキー記念に、大ジョッキ奮発しちゃいました」

「へええ、若いのにお世辞なんて言うんだ」

「お世辞じゃないですって」

「二十三歳って、仕事なにしてるの？」

「実はまだ学生で……」

照れ笑いを浮かべ、頭を掻《か》いた。

「って言っても、浪人じゃないですよ。受験はストレートで合格したんですけど、筋トレに夢中になっちゃって、単位落として留年したんです。馬鹿ですよね、まったく」

晶子は否定しなかった。

「なんのスポーツやってるの？　アメフトとか？」

「やってませんよ。筋トレが好きなんです」

意味がわからなかった。要するにナルシストということか。

「晶子さんは……あっ、晶子さんって呼んでもいいですか？」

「……どうぞ」

「晶子さん、お仕事は」

「ただの事務」

「へええ、いいなあ。憧れちゃうなあ」

「どうしてただの事務に憧れるのよ？」

「だってほら、お昼時に、財布持っていそいそとコンビニに行く事務の人がいるでしょ。ストッキング穿《は》いてるのに、足元サンダルだったりして。あれ見ると、どういうわけかドキドキしますよね」

「……そう」

胸底で深い溜息がもれる。まるで話が噛《か》みあわない。本当はただの事務ではなく、お局《つぼね》様だと言ってやろうか。若い女に男を寝取られ、彼女をネチネチいじめることくらいしか日々の楽しみがないのだと言ってやったら、この男はどんな顔をするだろうか。

「あのう……僕、大ジョッキおかわりしますけど、晶子さんは」

芋焼酎のグラスは空《から》になっていた。

「同じのでいい。ってゆーか、おつまみは頼まないの?」

「えっ? ああ……」

慎之介は気まずげに眼を泳がせた。

「実はその……今日はあんまり持ちあわせがなくて……全然ないわけじゃないですよ。でもその、つまみ食べるなら、そのぶんお酒を飲みたいっていうか……大きい声じゃ言えないですけど、こういうところのおつまみって、そんなにおいしくないし」

「なにか食べてみた？」

「いいえ、いつもお通しだけ」

それじゃあわかんねえだろ！　と思ったが言わなかった。もはやすべてを諦《あきら》めていた。人生は諦めが肝心という。今日はその格言を学ぶための機会にすればいい。目の前の男に、なにも期待してはならない。

それに、晶子もお酒を飲むのにつまみはいらないほうなのだ。芋焼酎ならとくにそうだ。満腹になると、お酒が入っていかなくなる。

こうなったら、今夜は泥酔するまで飲もうと思った。腰が抜けて歩けなくなっても、心配はいらない。目の前の筋肉馬鹿が、タクシー乗り場まで運んでくれることだろう。

3

「どうしてあなたがここにいるのよ？」

玄関の前で、晶子は慎之介を睨《にら》みつけた。

「意地悪なこと言わないでくださいよ。電車なくなっちゃったし、タクシー代もないから、泊めてくださいってお願いしたじゃないですか」

ここは晶子がひとり暮らしをしているマンションだった。親戚の持ち物なので、2LDKの広々とした部屋を、格安の料金で借りている。ソファで寝てくれるなら、男ひとりくらい泊めてもなんの問題もない。

相席居酒屋で、晶子は結局、芋焼酎を十杯以上飲んだ。かなり酔ったが、腰が抜けるほどではなかった。ひとりで店を出て、手をあげてタクシーを停めることくらい、余裕でできた。

予想外の展開だったのは、慎之介が一緒にタクシーに乗りこんできたことだった。芋焼酎を十杯以上も飲んでしまったのは、会話がまるで嚙《か》みあわず、飲まずにいられなかったからだ。晶子は終始ツンケンした態度だったから、自分が男だったらきっと腹を立てるだろうと思った。なのに慎之介は妙に懐《なつ》いてきて、晶子さん、晶子さん、とデレデレしている。

下心があるのだろうか？

なんだか笑ってしまう。抱かせてくださいと土下座でもされたら――実際にしそうなムードなのだが――、抱かせてあげるのもやぶさかではなかった。飲んでいるうちにガチムチのボディにムラムラしてきたわけではなく、拒《こば》むのが面倒くさいからである。

しかし、どう見ても慎之介はセックスが下手《へた》そうだった。きっと盛《さか》りのついた牡犬《おすいぬ》のように、夢中になってプリプリお尻を振るだけなんだろうなと思うと、気分が萎《な》えて苦笑しかもれない。

「うわー、すげえ広い部屋ですね。ここでひとりで住んでるんですか?」

部屋に通すと、慎之介は大仰《おおぎょう》に驚いた。なんだか演技くさかった。酔っているのもふりだろう。大ジョッキのビール三杯に、ひとりでワインボトルを一本空けたのだが、眼つきがしっかりしている。

「あなた、そこのソファで寝て。あとで毛布出してあげるから」

「どこ行くんですか?」

慎之介が真顔で身を寄せてきた。不意に男の匂いがした。

「化粧落としてシャワー浴《あ》びるのよ」

「そのあと、一緒に寝てくれます?」

ふざけんな! と怒鳴《どな》りつけてやりたかったが、近所迷惑なので我慢した。それにしても、はらわたが煮えくり返る。土下座して抱かせてくださいとお願いしてくるならともかく、ふたりきりになった途端《とたん》、いい男ぶって迫ってくるとはいい度胸である。

晶子は笑った。眼は笑っていなかっただろうが。

「すごい筋肉ね？」

ピッチピチの白いTシャツの上から、慎之介のお腹を触った。腹筋が割れていることが、手のひらに生々しく伝わってきた。

「失望はさせません」

「最初からそのつもりでついてきたの？」

「love at first sight」

「はっ？」

「ひと目惚れですよ」

ぶっ飛ばしてやりたくなった。先ほどまでのデレデレキャラとまったく違うではないか。もしかして、やりちんなのか？　それならそれで、虫酸《むしず》が走るほど大嫌いだが……。

「あの店に行ったの、三回目か四回目なんですけど、失望することばっかりで……いいなって思う人に出会えたの、初めてです」

「失望するばっかりなのに、どうして三回も四回も行くのよ？」

「晶子さんに出会うためだったんですね、きっと」

筋肉馬鹿のくせに、ああ言えばこう言う。

「あのさあ……」

晶子は慎之介の腹筋を触りながら言った。

「ここ思いっきり殴《なぐ》ってもいい？」

「いいですよ」

余裕の笑みが返ってくる。

「遠慮なく、思いきりどうぞ」

「本当にやるよ？」

晶子は拳《こぶし》を握りしめた。三十五歳の独身女子をナメてはいけない。暇にまかせてジムに通い、ボクササイズを習ったことがある。

ファイティングポーズをとり、渾身の右ストレートをシックスパックのど真ん中に叩きこんだ。慎之介は「うっ」とうめいたが、すぐに余裕の笑みに戻った。晶子も苦笑した。叩いた拳のほうが痛かった。

「女の人にしてはキレのあるパンチですね」

「ありがとう」

「やり返してもいいですか？」

「いいわけないでしょ。殺す気なの？」

晶子は鼻で笑った。

「死なないようにやりますよ。失神するでしょうけど」

慎之介が一歩前に出たので、晶子は一歩さがった。慎之介の眼つきが変わっていた。瞳が鈍色《にびいろ》に沈んでいる。真剣なのを通り越して、狂気の匂いすらする。これは本当に殴られるかもしれない、と本能が緊急サイレンを鳴らしはじめた。

失敗した。

素性のわからない男を、安易に部屋にあげるべきではなかった。この男がレイプ魔ではないという保証はどこにもないのだ。なるほど、筋骨隆々のこの体から繰りだされるパンチをお腹に受ければ、一発で失神するだろう。世の中には、失神している女を犯すのが趣味の男もいるらしい。失神していれば、写真を撮られてもわからない。ネットに流されれば外を歩けなくなるような、破廉恥《はれんち》な写真を……。

慎之介が迫ってくるので、晶子は後退《あとずさ》った。背中に壁があたると、顔から血の気が引いていった。

「やめて……」

晶子の口から出た声は、自分の声とは思えないほど弱々しく震えていた。

「お腹を隠すと、顔にいきますよ」

驚くほど大きな拳を見せつけられる。晶子は無意識のうちに、お腹を手でかばっていた。

「せっかく綺麗な顔してるのに、痣《あざ》とかできたらカッコ悪いですからね。ボディで失神したほうがずっといい」

あわてて顔を隠した。両膝《ひざ》が怖いくらいに震えていた。やられる、と思った。いまさら後悔しても遅いけど、なぜこんな男を部屋にあげたのだろう。好みのタイプとはかけ離れているのに……むしろ、大嫌いなのに……。

「いきますよ」

ハーッ、と慎之介が拳に息を吹きかける。晶子は身構えた。悲鳴をあげることもできなかった。そんなこともできないくらい、恐怖にすくみあがっていた。

「ひっ……」

口から変な声がもれた。腋《わき》の下をくすぐられたからだった。指先で、コチョコチョコチョと……。

なにが起こったのか、一瞬理解できなかった。慎之介が喉《のど》を鳴らしている。呆然としている晶子の顔を見て、腹を抱えて笑いはじめる。

「アハハハッ、なんですか、その顔。本当に僕が殴ると思ったんですか？　心外《しんがい》だなあ。女を殴ったことなんて、いままで一度もないのに。男を殴ったこともないですけど」

次の瞬間、晶子は抱きすくめられた。文句はなかった。腰が抜けてしまい、慎之介が支えてくれなければ、その場に崩れ落ちていただろう。

「そういう冗談……好きじゃない……」

涙が出そうなのを必死にこらえ、震える声を絞りだした。

「しょうがないじゃないですか。こっちが真剣にコクッてるのに、相手にしてくれないんだから」

慎之介はどこまでも楽しげで、晶子のひきつった顔をのぞきこんでは、笑い声をあげる。

本当に腹が立つ。暴力を振るうふりをするなんて、本当に殴るのと同罪みたいなものではないか。しかも、震えあがっているこちらを見て、そんなに笑うなんて許せない。許せないのだが……。

腰が抜けてしまっているので、慎之介の体を突き飛ばすこともできなかった。涙をこらえながらでは、睨み返すことさえままならない。

そんな晶子の体を、慎之介は軽々とお姫さまだっこで抱えあげた。「ひゃっ」と、また変な声をもらしてしまった。大人になってから、そんなことをされたのは初めてだった。

4

気を取り直さなければならなかった。

このままでは完全に向こうのペースだと焦《あせ》る晶子を、慎之介はベッドに運んだ。お姫さまだっこなんてされたことがなかったので、怖くて彼の首にしがみついていることしかできなかった。大失敗である。その体勢だと、ベッドにおろされたとき、息のかかる距離に顔が接近する。

「……ぅんんっ！」

唇《くちびる》を重ねられた。ひどく自然な、やさしい口づけだった。一瞬うっとりしてしまった自分を、晶子は叱責《しっせき》する。

抱かれるのはいい。慎之介が主張する通り、曲がりなりにも彼はきちんと気持ちを伝えてきた。この体が欲しいと。一緒に寝たいと……ワンナイトスタンドに愛だの恋だのを求めるほど、こっちだって子供じゃない。野暮《やぼ》な女にはなりたくない。それはそうなのだが……。

「ぅんんっ……ぅんんっ……」

舌をからめとられながら、必死に頭を回転させた。抱かれるのはよくても、このまま彼のペースで事が進むのは悔しすぎる。殴りあいなら敵《かな》わなくても、ベッドの上の駆け引きならそうではないはずだった。二十三歳の筋肉馬鹿より、こちらの経験値が少ないということはあり得ない。

どこかでイニシアチブを奪い返したかった。大胆な振る舞いであわてさせてやれば、少しは溜飲《りゅういん》が下がるだろう。問題はどこで仕掛けるかだった。喧嘩《けんか》と同じで、こういうことは先手必勝だ。いきなりフェラでもしてやればこちらのペースになったに違いないが、向こうはすでにスイッチが入っている。まごまごしている間に、首の後ろのホックをはずされ、ファスナーをおろされた。果物の薄皮を剝《は》ぐように、ワンピースを脱がされてしまう。

「……すげえ」

慎之介が眼を丸くする。その日、晶子は特別な下着を着けていた。ラズベリーブルーに銀の刺繡《ししゅう》が入ったブラジャーとショーツ。さらにはガーターストッキングでセパレート式のストッキングを吊っている。三十路《みそじ》を過ぎて下着に贅沢《ぜいたく》をすることを覚えた晶子だったが、ワードローブの中でもとびきりの代物である。

これで少しは相手を圧倒できるかも、という考えは甘かった。

晶子がアクションを起こす前に、むしゃぶりつかれた。なにしろ力では敵わないから、乳房を揉みくちゃにされるとなすがままだった。

「ああっ、いやっ……待ってっ……ちょっと待ってっ……」

晶子があわてればあわてるほど、慎之介は調子に乗ってくる。ブラ越しにぐいぐいと乳房を揉んでいたかと思えば、唐突に股間に手指を伸ばし、「きゃっ」と悲鳴をあげた口を、キスで塞《ふさ》ぐ。

息のとまるような深い口づけにうぐうぐと鼻奥で悶《もだ》えることしかできなくなると、再びブラ越しに乳房を揉みくちゃだ。繊細な刺繡が施《ほどこ》された高級ランジェリーが、壊れてしまいそうなほど乱暴に手指を食いこまされた。乱暴な愛撫《あいぶ》は苦手なはずなのに、ひどく感じてしまった。

気がつくと、背中のホックをはずされ、カップをめくりあげられていた。Gカップある自慢の乳房を、慎之介はやはり揉みくちゃにした。形がひしゃげるほどのやり方に、顔が燃えるように熱くなった。もっとやさしくして、と言いたかった。なのに、左右の乳首をきゅうっとつまみあげられると、いかにもいやらしい、媚《こ》びるような悲鳴をあげてしまった。

たっ、助けてっ……。

こんなはずではなかった。殴りあいなら敵わなくても、ベッドの上の駆け引きなら負けないはずだった。いつだってそうだった。いままで男を翻弄したことはあっても、翻弄されたことはない。

晶子は自分をよく知っていた。整った顔立ちに、男好きするグラマーなスタイル。そんな高めの女が大胆に振る舞えば、どんな男だってなすがままだった。少なくとも、ベッドの上ではそうだったはずなのに、いま翻弄されているのは晶子のほうだった。

わけがわからなかった。ただひとつ確かなことは、体が熱いということだった。自分ばかり素肌を火照《ほて》らせ、じっとりと汗をかいている。慎之介が、からかうように腋《えき》窩《か》に溜まった汗の匂いを嗅《か》いでくる。屈辱だと思っても、晶子の口から迸《ほとばし》るのは桃色吐息と淫《みだ》らな悲鳴ばかりだった。

「ああっ、いやあああっ……いやあああっ……」

拒絶の言葉はどこまでも頼りなく、屈強な肉体をもつ若い男のやりたい放題をとめる力などない。ひねりあげられている乳首が熱い。痛いくらいのやり方なのに、体は快感として受けとめている。体のいちばん深いところで、じゅんと蜜がはじける。見なくても、濡《ぬ》らしていることがわかる。

その部分に、ついに慎之介の手指が襲いかかってきた。ぴっちりと股間に食いこんだショーツ越しに、やけに太い指を感じる。

「どっちがいいですか？」

「……えっ？」

「指でするのと、舌でするの」

晶子は答えられなかった。答えられない自分に絶望した。晶子は年下好きで、それも気弱で奥手なタイプが大好物だから、自分からクンニリングスを求めることもよくあった。尻込みする相手に、顔面騎乗位を強要したことさえある。なのに、いまは動けない。言葉さえ返せない。

「じゃあ、僕の好きなやり方でしますね」

慎之介は無邪気な笑顔を浮かべると、上体を起こした。いったいなにをされるのかと、晶子は震えあがった。そして慎之介の次の行動は、晶子の恐怖を軽々と凌駕《りょうが》していた。

「いっ、いやあああっ……」

両脚をひろげられ、そのままでんぐり返しのように体を丸めこまれた。その体勢が、マングり返しという身も蓋《ふた》もない名称であることくらいは知っていた。されたのは、もちろん初めてだった。

「いっ、いやっ……いやよ、こんな格好っ……」

恥辱《ちじよく》にひきつりきった顔で抗議しても、慎之介は涼しい顔で無視した。指先を、ショーツのフロント部分にかけてきた。体を丸めこまれているので、そういう動きがよく見えた。慎之介からは、あわてふためく年上の女の顔と、ショーツ一枚にかろうじて守られている股間が、同時に見えているはずだった。

ショーツが片側に寄せられていく。恥毛が男の眼にさらされる。もちろん、恥毛だけではない。その下に咲いた女の花にも、新鮮な空気が浴びせられる。

「見ないでっ！　見ないでっ！」

晶子は真《ま》っ赤《か》になって叫んだ。そんな台詞《せりふ》を口にしたのは、いったいいつ以来だろうか。普段なら、むしろ見てほしい。見せつけて男を挑発し、翻弄したいと思っている。

「あああぁーっ！」

生温かい舌が、ねろりと花びらを舐《な》めあげた。体を丸めこまれているせいなのか、経験のない衝撃があった。ねろり、ねろり、と舌が這《は》うほどに、かさぶたを一枚一枚剝がされていくような感じで、どんどん敏感になっていく。実際、舐められれば花びらが開いて、体の内側がさらけだされる。

内側の粘膜を舐められると、峻烈な快感が体の中に染《し》みこんできた。舐められている部分だけでなく、体中が慎之介の色に染められていくような不思議な感覚に、息もできない。

慎之介はただ舐めるだけではなく、花びらを口に含んでしゃぶってきた。舐めているときは年に似合わないねちっこい舌使いなのに、しゃぶるときは顔を左右に振りながら激しくやる。緩急が蜜をあふれさせ、猫がミルクを舐めるような音がたつ。

「ああっ、いやあああっ……いやいやいやあああっ……」

恥ずかしかった。いやいやと叫びながらも、欲情を隠しきれない。音がたつほど濡らしているだけではなく、途轍《とてつ》もなく淫らな顔をしているに違いない。舌が離れれば息を呑み、這いまわればきりきりと眉根《まゆね》を寄せて泣き叫ぶ。花びらを激しくしゃぶられれば、紅潮しきった顔をくしゃくしゃに歪《ゆが》めずにいられない。

「……あふっ」

不意にマングり返しの体勢を崩された。息つく間もなく、体をうつ伏せにひっくり返された。ジェットコースターに乗っているように、展開がめまぐるしい。だが、ジェットコースターと違って、与えられるのはスリルだけではなかった。両膝を立てさせられ、四つん這いにうながされた。ショーツをめくりおろされた。熱く疼《うず》いている部分に、太い指がずっぽりと入りこんできた。

「はっ、はぁあううう—っ！」

晶子は身をよじりながら、淫らがましい悲鳴をあげた。一瞬にして顔が燃えるように熱くなり、ぎゅっと眼を閉じると瞼《まぶた》の裏に金と銀の火花が散った。

5

マングり返しも初めてだったが、バックスタイルでここまでしつこく愛撫されるのも初めてかもしれなかった。

体の奥に差しこまれた慎之介の指は、いやらしいほどよく動いた。隅々まで掻きまわされ、出し入れされた。それだけでも身をよじるほどの刺激なのに、慎之介はもう一方の手でクリトリスをいじってきた。さらにはアヌスにまで舌を這わせ……。

「あああっ……はぁあああっ……くぅううう一っ！」

晶子は手放しでよがりはじめた。マングり返しとバックスタイルの違いは、よがり顔を見られないことだった。恥ずかしさは軽減されたが、意識を両脚の間に集中できるので、いっそう感じるようになってしまった。他のことがなにも考えられない時間が長く続き、シーツにこすりつけている顔が、いつの間にか汗と涙と涎《よだれ》でぐしゃぐしゃになっていた。

「……あふっ」

怒濤《どとう》の三点責めからようやく解放されたのは、ゆうに十分以上が経過してからだった。顔もひどかったが、股間の濡れ方も尋常ではなかった。あふれた蜜が内腿《うちもも》を濡らし、セパレート式のストッキングを着けていなければ、膝まで垂れていたことだろう。

顔を伏せていても、慎之介が服を脱いでいることは気配で伝わってきた。なんとか呼吸は整ったが、鼓動の乱れはおさまらず、むしろ爆発しそうなくらい高鳴っていった。

これから結合なのかと思うと、気が遠くなりそうになった。すでに一回戦や二回戦を終えたような気分だった。

「晶子さん……」

声をかけられ、顔をあげる。慎之介が全裸で立っていた。晶子は大きく息を呑んだ。ガチムチボディは裸になるといっそう迫力満点だったが、それ以上に眼を引いたのは、もちろん股間の肉棒だった。これが二十三歳という若さなのか、呆《あき》れるほど反《そ》り返ってほとんど臍《へそ》を叩いている。とくにサイズが大きいわけではないが、昇り龍のごとき反り具合に圧倒されてしまった。

「舐めてもらっていいですか？」

晶子はうなずいて上体を起こした。乱れた髪を掻きあげながら、ようやく巡ってきたチャンスにそわそわした。フェラには自信があった。そしてそれは、女が男にする愛撫の中でも最強のものだった。

うまくやれば、イニシアチブを奪える――さんざん恥をかかされたけれど、三十女の底力を見せつけられる。

いつもより大胆に、いつもより刺激的に、いつもより丁寧に……自分に言い聞かせながら慎之介の足元で正座したが、

「やっぱりやめとこう」

慎之介は笑って腰をおろしてきた。

「舐められるより、晶子さんが欲しくなっちゃった。いいでしょ?」

「いっ、いいけどっ……」

晶子は泣きそうな顔になった。いいわけがなかった。せっかくのチャンスが一瞬にして潰《つい》え、しかも慎之介は正常位の体勢にうながしてきた。騎乗位ならまだ見せ場もあるが、正常位で女がイニシアチブをとるなんて無理に決まっている。

「あああっ……」

切っ先を濡れた花園にあてがわれると、ホールドアップされたような気分になった。もはや抵抗はできない。長々と続いたクンニリングスで火をつけられたこの体で、若い肉棒を受けとめるしかない。

「いきますよ……」

慎之介が息を呑んで見下ろしてくる。晶子も息を呑んでうなずき返す。勃起しきった男根が、濡れた花びらを巻きこんで入ってくる。奥の奥まで濡れているらしく、肉がひきつれることもない。ずぶずぶと貫かれる。あわあわと悶える顔を、慎之介が瞬《まばた》きもせずに見つめている。

根元まで埋めこまれると、

「はぁあああああーっ！」

晶子は溜めこんでいた息をすべて吐きだす勢いで、甲高い悲鳴をあげた。衝撃が、頭のてっぺんまで響いてきた。槍《やり》でひと突きにされた感じだった。しかしその槍は痛みではなく快楽をもたらした。ただ結合しただけで、身をよじらずにはいられなかった。抜き差しが始まると、手脚をバタつかせてよがった。自分で自分の体を制御できなかった。

この体をコントロールしているのは、慎之介だった。抱きしめられると、動けなくなった。分厚い肉体が、まるで鎧《よろい》のようだった。しかし、鎧のように冷たくはなく、熱く火照って汗ばんでいる。ずんずんっ、ずんずんっ、と突きあげられる。晶子は悲鳴をあげて、ガチムチボディにしがみつく。

「あああああっ……はぁあああっ……はぁあううううーっ」

顔を燃えるように熱くしながら、晶子は自分の見る眼のなさに絶望した。相席居酒屋で会った慎之介は、たしかにセックスが下手そうだった。盛りのついた牡犬のように、必死に腰を振ることしかできないんだろうなどと、呑気《のんき》なことを考えていた。

全然必死じゃなかった。むしろ余裕があった。若いエネルギーの発露《はつろ》として、ただ単純に腰を振るだけではなく、抜き差しに緩急をつけたり、腰のグラインドを織り交《ま》ぜたり、意外な動きに総身がのけぞる。喩《たと》えて言えば、九百馬力のＦ１マシンで、曲がりくねった峠《とうげ》道を駆けくだっていくような感じだ。スリル満点な快楽の暴走に、晶子はただ、しがみついていることしかできない。

「気持ちいいですよ……」

さらには、甘い言葉をささやいてくるおまけつきだ。

「晶子さんの中、ヌルヌルしてるのにすごく締まって……たまりませんよ……」

いやらしいこと言わないで！　と普段の晶子なら怒ったかもしれない。だがいまは、甘い言葉に身も心も蕩《とろ》ける。新鮮な蜜が大量に分泌されているのがわかる。ずちゅっ、ぐちゅっ、という卑猥《ひわい》な音さえ、耳に心地よい。ああもうどうにでもして！　と胸底で叫ぶと、まるで心の声が届いたかのように、慎之介が体位を変えた。

上体を起こし、晶子の両脚を高々と掲げた。

「はっ、はぁあおおおおおおーっ！」

結合感がぐっと深まり、獣《けもの》じみた悲鳴をあげてしまう。

「あっ、あたってるっ……奥まで来るっ……いちばん奥まで、届いてるうううううう一っ！」

子宮をずんずんと突きあげられ、晶子は半狂乱でよがりによがった。慎之介が上体を起こしてしまったので、しがみつくところがなくて困った。ジタバタと暴れ、枕をつかむことでなんとか凌《しの》ぐ。鏡を見なくても、顔が真っ赤に紅潮していることがわかる。ふたつの胸のふくらみが、汗まみれでタプタプ、タプタプと揺れはずんでいる。こんな姿を上から見下ろされていると思うと、泣きたくなるほど恥ずかしかったが、快楽が羞恥心を楽々と凌駕していく。それに、涙ならすでに流している。子宮を叩かれはじめたあたりから、晶子は泣きじゃくりながらよがっていた。

「ああっ、いいっ！　気持ちいいようっ！」

必死に眼を凝《こ》らして、慎之介を見上げる。

「こんなにいいの初めてっ……こんなの初めてえええーっ！」

それほど無防備な言葉を、いままで男に与えたことはなかった。涙にかすんだ視界の中で、慎之介が満足そうに微笑《ほほえ》んでいる。ここへきて微笑む余裕がまだあるのか——唖然としつつも、負けを認めないわけにはいかなかった。自分だけ一方的によがってしまうのは恥ずかしい。しかもこちらは、ひとまわりも年上。だがもう我慢できそうもない。

「ダッ、ダメッ……もうダメッ……」

すがるような眼を向け、小刻みに首を振る。

「もうイクッ……イッ、イッちゃうっ……」

慎之介はうなずくと、再び上体を被《かぶ》せてきた。汗まみれの乳房を分厚い胸板で押しつぶされた瞬間、やさしさに胸が熱くなった。ガチムチボディにしがみつくと、喩えようもない安堵《あんど》を覚えた。

「ああっ、イクッ！　イッ、イクウウウウウーッ」

ビクンッ、ビクンッ、と総身を震わせて、晶子は絶頂に駆けあがっていった。五体の肉という肉が、怖いくらいに痙攣していた。オルガスムスとは、これほど深いものだったのかと驚かされる。いままでのそれがプールで潜水なら、いまは珊瑚《さんご》が輝き熱帯魚が群れをなす深海まで潜っているようだ。

「ああああああーっ！　はぁあああああーっ！」

深いだけでなく、長々と続く愉悦《ゆえつ》に、晶子は溺《おぼ》れた。全身が痙攣していることを感じながらも、意識がどんどん薄らいでいった。このまま失神してしまえば、途轍《とてつ》もない桃源郷に行けそうだった。

なんだ、と思った。

わたしはやっぱり、この男に失神させられる運命だったのか……。

6

カーテンの隙間から清潔な陽光がもれていた。

新しい一日が始まったらしい。

「……馬鹿じゃないの」

ハアハアと息をはずませながら、晶子は悪態をついた。

「いったい何回やれば気がすむのよ。もう朝じゃないのよ……」

「いや、すみません……」

慎之介も息をはずませながら頭をかいた。

「晶子さんの抱き心地がいいから、つい……」

なにがついよ！　とまではさすがに言えなかった。慎之介は朝までに六回射精したが、晶子はゆうにその倍以上の絶頂に達していた。シーツがじっとりと湿っているのも、ほとんど晶子の汗だ。中には汗ではない体液も混じっているのかもしれないけれど、それくらい夢中になってしまったのだから、文句を言ったら申し訳ない。

「しかし、さすがに精も根も尽き果てました。もう寝ます……」

「よかったわね、今日が土曜日で」

「俺、バイトですけどね」

「はっ？」

「まあ、午後からですけど。ジムのインストラクターやってるんですよ。筋トレ中毒が高じて」

「へええ……」

晶子はベッドから抜けだした。

「どこ行くんです？　トイレ？」

「えっ、うん、まあ……」

「早く帰ってきてくださいね。抱きあって眠りましょう」

「甘えんぼ」

苦笑を残し、寝室から出ていく。だが、向かった先はトイレではなく、キッチンだった。お腹がすいて死にそうだった。死にそうというか、気持ちが悪い。セックスに夢中になっているときはいいのだが、正気に戻るとどうにも耐えがたく、このままでは眠りにつけそうになかった。

「寝る前に食べるの、よくないんだけどなあ……」

独りごちながら、冷蔵庫を開ける。食材はそれなりに揃《そろ》っていたが、なにをつくっていいかわからない。肉や魚を使って本格的に料理をするのは面倒だし、ごはんと味《み》噌《そ》汁の揃った食事がしたいわけでもない。

となると、パンにスープか。

残念ながら、パンがなかった。冷凍してあったものが切れている。棚を漁《あさ》ると、袋入りのインスタントラーメンが出てきた。サッポロ一番の塩に味噌に醬油《しょうゆ》。三つとも揃っているのが、我ながらおかしい。

「サポイチか……」

最近あまり食べなくなってしまったが、晶子にとってサッポロ一番のインスタントラーメンは、ソウルフードのようなものだった。両親が共働きだったので、子供のころからよく食べていた。最初に覚えた料理がこれなのだ。ひとり暮らしを始めてからは、アレンジ料理をいろいろと覚えた。

「そうだ……」

インスタントラーメンだけでは食指《しょくし》が動かなかったが、野菜をたっぷり入れればおいしいうえに栄養もある。肉や魚介は必要ない。サポイチと野菜のコラボレーションだけで、滋味《じみ》あふれるスープになるはずだ。

鍋《なべ》に水を張って火にかけ、冷蔵庫から野菜を取りだした。玉葱《たまねぎ》、人参《にんじん》、ニラ、椎《しい》茸《たけ》、なんでも刻んで入れていく。最初に野菜を炒《いた》める方法もあるが、今日はあっさり味を選んだ。だいたい、全裸で油を使うのは怖い。キャベツはなかったが、レタスがあったので、それも手でちぎって鍋に入れる。

味は迷ったすえ、塩にした。塩は卵とバターを入れただけでもおいしいが、野菜も合う。

麺《めん》を投入すると、

「晶子さん」

「きゃっ！」

突然声をかけられ、晶子は小さく悲鳴をあげた。慎之介だった。眠ったと思っていたのに、股間のものを隠しもせずに立っている。

「なにやってるんですか？」

「お腹すいたから、ラーメンつくってるの」

「ずるいなあ、自分だけ」

「眠そうだったから声かけなかったの。食べたいなら半分あげる」

「それにしても……」

慎之介がニヤニヤ笑いながら近づいてきた。

「全裸でラーメンつくってる人、初めて見ました」

「食べたら、シャワー浴びようと思ったの」

晶子は真っ赤になって言い返したが、本当は面倒くさいだけだった。人に見られていると思うと恥ずかしかったが、いまさら着るのもバツが悪い。だいたい、もうラーメンができてしまいそうである。

菜箸《さいばし》を取って、麵をほぐした。規定は三分茹《ゆ》でることになっているが、一分半で充分だ。サポイチの場合、麵が硬めのほうがおいしい。

火をとめて、粉末スープを入れた。いい匂いがした。懐かしい匂いだ。ソウルフードだから懐かしいのではない。子供のころからそう思っていた。

「はい、できました」

丼がひとつしかなかったので、自分の分はお椀《わん》によそった。麵はひとり分でも、野菜たっぷりなのでボリュームがある。忘れずに、付属の胡麻《ごま》をかける。これがあるから、サポイチの中では塩が頭ひとつリードしていると言っていい。

テーブルに移動し、慎之介と向かいあって座った。

「いただきます」

と両手を合わせて言う。もちろん、ひとりのときは言わない。慎之介も真似をする。ふたりとも全裸なのでかなり非日常的な感じがしたが、口にすると恥ずかしくなるので黙っている。

箸を取って食べはじめる。まずはスープから。野菜の甘みが染みていて、しみじみおいしい。

「旨《うま》いですね」

慎之介が笑う。

「そういや、昨日の夜からなにも食べてないですもんね。旨いはずだ」

「違うよ。サポイチだからおいしいの」

晶子は唇を尖《とが》らせた。

「野菜もいっぱい入ってるし、栄養だってあるんだから」

「なるほど」

慎之介はなにか言いたいことがあるようだったが、食べることを優先した。晶子も食べる。麺の硬さも完璧だったが、やはり気になる。

「馬鹿にしてるでしょ？」

上目遣いで慎之介を見た。

「エッチのあとラーメン食べてる女って……」

「そんなことないですよ」

慎之介が苦笑する。

「ってゆーか、バターあります？　俺、これにはいつも入れるんですけど……」

わかってるじゃないの、と晶子は冷蔵庫からバターケースを出して渡した。晶子は野菜の甘みのあるあっさりした味で充分だったが、男には物足りないかもしれない。晶子以上にたくさん動いて、カロリーを消費しただろうし。

「うん、やっぱりバターだ」

「卵を入れてもおいしいよね」

「ゆで卵じゃなくて、生を鍋に落とすんでしょ」

「そうそう」

眼を見合わせて笑う。なにかを共有している空気が嬉しい。

「……旨かった」

慎之介は早々に食べおえた。スープまで飲み干して完食した。

「足りる？　味噌味と醤油味もあるから、つくってもいいよ」

「大丈夫ですよ。余韻《よいん》に浸《ひた》らせてください」

慎之介は椅子《いす》にもたれてお腹を撫で、幸せそうな顔で眼を閉じた。晶子は麵を啜《すす》り、野菜を食べた。スープが乳房に撥《は》ねて、熱かった。不作法《ぶさほう》なことをしている罰《ばっ》だと思って我慢した。

「いまのラーメン、晶子さんみたい」

慎之介が眼を閉じたまま言った。

「どういうこと？　インスタントな女ってこと？」

そうであったら、ちょっと傷つく。たしかに、決して身持ちが堅いほうではないけれど……。

「違いますよ。雑につくってるように見えて、味は繊細っていうか」

「ふうん」

晶子は曖昧《あいまい》にうなずいてスープを飲み干した。

それは違うよ、と胸底でつぶやきながら。

雑につくって味は繊細――そこまではあっている。

でも、それはわたしじゃない。わたしはこのラーメンが大好きだけれど、わたしには似ていない。

キミに似ている。

第三話　BBQ

1

俺、なんでこんなところにいるんだろう……。

山岸幸太郎《やまぎしこうたろう》はほとんど呆然としていた。秋の行楽シーズン、目の前には川がせせらぐ風光明媚《ふうこうめいび》な景色がひろがっている。渓流のキャンプ場である。今年は残暑が長く、なかなか秋らしい風が吹かないから、山の緑が赤く染まるまで、まだしばらくかかりそうだ。

「今日はブロック肉を豪快に焼いちゃうよ。二時間くらいかかるから、まあ、みんな適当に飲んでてよ」

調理担当の波多野敦士《はたのあつし》は、ゆうに二、三キロはありそうな肉塊に塩をすりこみ、下ごしらえをしている。集まっているのはみな彼の友達で、十二、三人はいるだろうか。二十八歳の敦士と同年代ばかり、カップルが多い。というか、ほとんどカップルである。

そんな中、山岸は完全に浮いていた。四十歳とひとりだけ年上だし、同伴している恋人もいない。アウトドアにも慣れていないから、うっかりジャケットなんか着てきてしまったのも、場違い感を際立《きわだ》たせている。

まだ陽は高いところにあった。これから自然に親しみ、肉が焼けたらバーベキューパーティとなり、夜になったらテントで寝て、東京に帰るのは明日の朝——長い一日になりそうである。

「おいおい、里菜《りな》、なにやってんだよ」

黄色いビキニ姿でワンボックスカーから飛びだしてきた里菜を見て、参加者たちがどっと沸《わ》いた。

「せっかく来たんだから、水遊びしないと損じゃない」

「もう秋だぜ、風邪《かぜ》ひいちゃうぞ」

「大丈夫、大丈夫。馬鹿は風邪ひかない！」

里菜はケラケラと笑いながら、長い手脚を見せつけるように川辺に向かって駆けていく。爪先《つまさき》を水につけて、「冷《つめ》たっ！」とはしゃぐ。

彼女は、このバーベキューパーティの主催者である敦士の妹である。二十二歳。眼が大きくて、びっくりするほど顔が小さい。おまけに超スレンダーな八頭身で素肌の色が白いから、遠くにいる知らないグループの男たちまで、里菜に視線を奪われている。

山岸と同様、彼女も恋人を同伴してきていなかった。だが、意味がまったく違う。里菜は青春真っ盛り。顔も綺麗《きれい》なら、人前でためらうことなくビキニ姿になれるスタイルの持ち主と、どこからどう見ても疲れた中年男である山岸とは、なんだか別の種類の生き物のようだった。

浅草《あさくさ》で整体院を営《いとな》んでいる山岸が敦士と知りあったのは、一年ほど前になるだろうか。

敦士は近所で小さなバーを経営している。たったひとりで切り盛りしているうえ、長時間の立ち仕事だから、ひと月に一度は体のメンテナンスのため整体院に訪れる。そんな彼から、あるとき、深夜の二時に電話がかかってきた。

「すいません。ぎっくり腰やっちゃったみたいで……動けない……」

山岸は自転車を飛ばして彼の店に行き、応急処置をした。幸い大事には至らず、二、三日で快方に向かった。そのお礼にと、一席設けてくれたのが三カ月ほど前のこと。

べつに礼などいいと断ったのだが、義理人情に厚い敦士はどうしてもと譲《ゆず》らず、しかたなくお招きにあずかることになった。国際通《こくさいどお》りにある老舗《しにせ》のすき焼き屋を指定された。山岸は肉があまり得意ではなかったが、その店は割《わ》り下《した》が抜群《ばつぐん》に旨《うま》いので好物のひとつだった。ただし、料金が高い。ずいぶん張りこんでくれるんだな、と恐縮しながら店に入った。

個室で待っていたのは、彼ひとりではなかった。隣《となり》に女がいた。

「こんにちはー。妹の里菜です」

おどけて敬礼のようなポーズをとり、満面の笑みを浮かべた。一瞬にして明るい性格が伝わってくる、元気いっぱいな女の子だった。

「すいません……」

一方の敦士はひどくバツが悪そうだった。

「どうしてもついてくるって、きかないもんで……」

「いいじゃないの。わたしすき焼きが大好物だって、お兄ちゃん知ってるでしょ。しかも、こんな高級なお店なんてさ、自分じゃ絶対来られないもん」

「山岸さんを夜中に呼びだした、お詫《わ》びとお礼の席なんだよ」

「だいたいさ、個室で男ふたりが食事するなんて、辛気《しんき》くさくてダメダメ。綺麗どころのお酌《しゃく》がいるでしょ、ね、山岸さん！」

敦士は呆《あき》れたように苦笑したが、山岸は笑えなかった。里菜が本当に綺麗だったからだ。眼は大きいし、顔は小さいし、ショートカットで首が長くて、派手な花柄のワンピースをさらりと着こなすファッションセンスも垢抜《あかぬ》けていた。

「もしかして、タレントさんとか?」

「やめてくださいよ、山岸さん。もちあげると調子に乗るから」

「売れないイベントコンパニオンでーす」

里菜はまたおどけた敬礼ポーズをとると、口角をもちあげてニッと笑った。彼女が売れないコンパニオンなら、売れてるコンパニオンはいったいどれほど綺麗なのか、想像もつかなかった。

「失礼します」

仲居が料理と酒を運んできて食事が始まっても、山岸は里菜の美しさにあてられっぱなしだった。熱でもあるようにぼうっとし、彼女に酌をされるとグラスを持つ手が震《ふる》えた。老舗料理屋の割り下の味も、高級和牛の肉の柔らかさも、まるで楽しめなかった。

それ以来、里菜からちょくちょく呼びだされるようになった。

たいてい整体院の終わる午後七時過ぎに電話がかかってきて、

「ごはんご馳走《ちそう》してもらえませんかー、お酒つきで」

とねだられる。

整体院が終わってしまえば、独身の山岸は暇だった。それを見透《みす》かしているのだろうな、と思った。あるいは、売れないコンパニオンは、懐《ふところ》が淋しいという事情もあるのかもしれなかった。

彼女ほどの美人ならデートの誘いが引きも切らないだろうが、口説《くど》く目的で近づいてくる男に奢《おご》ってもらうと後が面倒だ。酔わされて、わけがわからないうちにホテルにでも連れこまれてはたまらない。

その点、山岸なら安全だと思われたのだろう。なるほど、その通りだった。四十路《よそじ》の疲れた中年男が、二十二歳のコンパニオンを口説くわけがない。若い女の子と一緒に酒を飲めば少しは元気がもらえるだろうという軽い気持ちで、いつも誘いに応じていた。

とはいえ、里菜はあまり酒癖がいいほうではなかった。

弱いくせに、ピッチが速く、悪酔いする。

コースはだいたい決まっていて、一軒目は山岸の馴染《なじ》みの居酒屋が多い。里菜は肉が好きなようだったが、山岸はあまり得意ではない。海鮮系の居酒屋か、あるいは蕎《そ》麦《ば》屋で食事をし、二軒目は敦士のバーに流れるのだが、その時点で里菜は百パーセント泥酔していた。

男でも女でも、泥酔すれば声が大きくなり、態度がだらしなくなる。敦士の店は、小さいながらも本格的なバーだった。キャンドルライトに照らされた静謐《せいひつ》な空間が売り物だから、あからさまに迷惑そうだった。それでも里菜はおかまいなしで、「お兄ちゃん、お兄ちゃん」と大声をあげ、店の雰囲気を台無しにする。

一度、敦士がキレて、「おまえ、もう帰れ」と里菜を店からつまみだしたことがあった。よくある兄妹喧嘩《げんか》なのかもしれなかったが、なんとなく、その日は敦士の虫の居所が悪く見えた。里菜を店に連れていった責任は自分にもあると思うと山岸はいたたまれなくなり、詫びを言ってすぐにチェックしてもらった。

「いやいや、山岸さんのせいじゃないですから。あいつ、本当に酒癖が悪くて、たまにはビシッと言ってやったほうがいいんです」

敦士はそう言ってくれたが、山岸は何度も頭をさげてから店を出た。

前の路上で、里菜は膝《ひざ》を抱えて泣いていた。背中を震わせて嗚咽《おえつ》をもらす姿があまりにも痛々しく、山岸はおろおろしていることしかできなかった。

2

その数日後、里菜からまた誘いの電話があった。

ショックで禁酒でもしているかと思ったのに、懲《こ》りないやつだと思った。

しかし、会うと表情がどんより沈んでいた。

笑っていない里菜を見たのは、そのときが初めてだったかもしれない。とにかく底抜けに明るく、夏の太陽に向かって咲くひまわりのように、天真爛漫《てんしんらんまん》という言葉がぴったりな女の子なのだ。

いつものように居酒屋でスタートしてもうつむきがちにビールをちびちび飲み、つまみにも手を出さなかった。

「わたしもう、お兄ちゃんのお店に行かないことにしました……」

「そんなに落ちこむことないさ」

山岸は苦笑まじりに励ました。

「敦士くんだって本気で怒ったわけじゃないだろう。たぶん、今日行けばケロッとしてるよ。ただまあ、ああいう静かな店だから、もう少しおとなしくしたほうがいいと思うけど……」

「違うんです」

里菜は力なく首を振った。

「店に行かないっていうか、お兄ちゃんからはもう卒業しなきゃって……」

よく意味がわからなかった。

「なんていうか、わたし……昔っから超絶ブラコンで……ブラコンってわかりますよね？　ブラザーコンプレックス。お兄ちゃん大好き人間。あんなカッコいい人、世界中探してもひとりしかいないって思ってて……」

なるほど、敦士はイケメンだった。鼻につくイケメンではなく、気取らないイケメンなので、男女問わず人を惹《ひ》きつける。そういう男を身内にもってしまうと、他の男に眼がいかなくなるのは、よくある話なのかもしれない。

「でもやっぱり、そういうのもうやめなきゃって……じゃないと、まともな恋愛ができなくなりそうというか……」

それはそうだろう。実の兄貴にいくら恋い焦《こ》がれたところで、ハッピーエンドはあり得ない。

「だからその……無理にでも、他の誰かを好きになって……付き合っちゃおうかなって……」

山岸はにわかに言葉を返せなかった。里菜が上目遣いにチラチラと、意味ありげな感じでこちらを見てくるからだった。

まさか……。

兄を忘れるため、俺に付き合ってくれっていうんじゃや……。

「どう思います？」

ドキンとひとつ、心臓が跳《は》ねあがる。

「あてはあるんです……意外に身近に……」

里菜が身を乗りだしてきたので、山岸はのけぞった。その体勢のまま、視線と視線がぶつかりあい、お互いに息を呑む。店内はかなりにぎやかだったのに、一瞬、なにも音が聞こえなくなった。

「協力してもらえませんか？」

「えっ……」

「その人、わたしが通ってるジムのインストラクターなんです。ムッキムキのマッチョマン。お兄ちゃんとは正反対のタイプですけど、かえってそういうほうがいいかなって……」

だよな、と山岸は内心で深い溜息をついた。続いて、乾いた自嘲《じちょう》の笑みがこみあげてきた。

なにを馬鹿なことを考えているのだ。どんな事情があろうとも、里菜のような若くて綺麗な女の子が、自分のような中年男と付き合おうと思うはずがないではないか。

整体院が休みの日曜日、山岸は里菜の通うスポーツジムにビジターとして入館した。

里菜に、とにかく一度来てみてほしいとごねられたからだった。

健康管理を仕事にしているものの、山岸はスポーツジムにはあまり縁がなかった。有酸素運動も筋肉トレーニングも、べつにジムなど通わなくてもできるからだ。もちろん、同じ目的をもった者が集《つど》う場所のほうがやる気が出る、という理屈《りくつ》はわかる。最近はボクササイズやヨガストレッチなどのプログラムも充実しているから、楽しみながら体を動かすことだってできるだろう。

だが、山岸は昔から苦手だった。カラフルなウエアに身を包んだ女がたくさんいるのがまずダメだ。お金を払って気を遣うような場所に来るくらいなら、隅田《すみだ》公園でジョギングしていたほうがずっといい。スポーツジムのジャグジーバスより、下町の銭湯のほうがくつろげる。

「ぐっ……」

マットの上でストレッチをしていると、いきなり後ろから肩を押された。

「あれです、あの人」

里菜が耳打ちしてくる。

「えっ？　ええっ？」

山岸は焦《あせ》った。目当ての男がいたらしいが、里菜の顔が近かった。肩のすぐ上に、小さくて可愛《かわい》い顔がある。大きな声で話せないのはわかるけれど、汗の匂いが漂《ただよ》ってきて息もできない。

ジムの名前の入ったＴシャツを着たインストラクターが、どうやらその男のようだった。里菜が言っていた通り、かなり筋骨隆々《りゅうりゅう》で、浅黒く日焼けしている。ボディビルダーだろうか。年は里菜より少し上くらいだろう。

「どう思います？」

「どうって言われても……」

遠目にパッと見ただけで、人物評ができるわけがない。

「なんていうか……明るそうな人だね」

「でしょ、でしょ。わたしより明るい人、初めて見ましたもん」

「楽しいカップルになりそうだ」

「じゃあ、ちゃんと顔を覚えておいてくださいね」

「えっ、なんで？」

「帰りに山岸さんが、あの人連れてくるんですよ。わたしの待ってるお店に」

「どうして俺が……」

「わたし、告白とかってしたことないんですよ。見てわかりませんか？　恋愛の経験値が異常に低いの」

「いや、でも、だからって……」

告白に人の手を借りようというのは、いくらなんでも大人のやることではない。それが許されるのは、中高生の女子だけである。

「あのさ、恥ずかしいけど勇気を振り絞るとか、傷つくかもしれないけど頑張ってみるとか、恋愛ってそういうもんじゃ……」

「いいから連れてきてください！」

里菜にきっぱりと言い渡され、山岸はうなずくしかなかった。

ジムが閉館になる午後十時まで、たっぷりと汗を流した。

ボディコンバットだのシェイプアップダンスだの、やたらと運動量の多いプログラムに付き合わされ、自分の体力の衰《おとろ》えを知った。まだそれなりに動けるつもりでいても、汗まみれの顔に笑みを浮かべてはしゃいでいる二十二歳とは、根本的にエネルギーの量が違うようだった。

風呂に入るとぐったりして、家に帰って寝てしまいたくなったが、本日のメインイベントはこれからだった。

「あのう、すいません……」

ジムの前で待ち伏せをして、件《くだん》の男をつかまえた。名前は確認してあった。田坂慎之介というらしい。

「なにか？」

慎之介は白い歯を見せて笑った。親和的な態度だった。いちおうジムの中でも、筋トレについて質問しておいたのだ。もちろん、顔を覚えておいてもらうためにである。

「今日はお世話になりました。お礼にビールでもご馳走させていただけませんでしょうか」

「ハハッ。いいですよ、お礼なんて。こっちも仕事ですから」

「いや、あの……実はですね、まだこのジムに入会するかどうか迷ってるんです。だから、その、インストラクターさんにざっくばらんなご意見をうかがってから、どうするか決めたいなと……」

粘《ねば》り腰で交渉し、なんとか一杯付き合ってもらう了解を得た。里菜が待っているのは、近くにあるアイリッシュパブだった。気さくな立ち飲みの店なので、誘いやすいし、それなりにムードもある。

カウンターでギネスビールを注文し、料金は山岸が払った。しきりに恐縮する慎之介と、グラスを受けとって店の奥に進んだ。

「へええ、山岸さんは整体院を経営なさっているんですか。どうりで、質問が専門的だったわけだ」

「いやいや、こちらこそ勉強になりました」

言いながら、視線を動かして里菜を探す。鰻《うなぎ》の寝床のように長細い店内の、いちばん奥に立っていた。彼女のまわりだけ人がいなかった。モデル体型の美女が、華やかなピンク色のワンピースを身にまとっているから、ひどく目立つ。なのに酔漢《すいかん》たちが声もかけずに遠巻きに眺めているのは、里菜の表情が異常にこわばっているからだろう。嫌な予感がした。

「あっ、ちょっといいですか」

山岸はつくり笑顔で近づいていき、

「こちら、里菜さん」

と慎之介に紹介した。ふたりは何度もジムで顔を合わせ、会話だって交《か》わしているはずだった。にもかかわらず、一瞬にしておかしな空気になった。里菜の顔はこわばったままだし、慎之介はあからさまに眉《まゆ》をひそめた。

「かっ、乾杯《かんぱい》しましょうか……」

山岸がうながしても、里菜はおずおずと、慎之介は嫌々な感じでグラスを合わせ、雰囲気がどんどん不穏なものになっていく。

「実はその……彼女が話があるみたいなんで……僕はちょっと席をはずしましょうかね……」

山岸が後退《あとずさ》ろうとすると、慎之介に腕をつかまれた。強い力だった。気持ちはよくわかった。彼はともかく、里菜までジャケットの裾をつかんでいた。

「いや、あの……まいったな……」

山岸は泣き笑いのような顔になった。

慎之介の顔には、「嵌《は》めやがったな」と書いてあった。里菜のほうは「どうしていいかわからない」だ。

こうなったら自分が頑張るしかないと、山岸は必死に自分を鼓舞《こぶ》した。

「ちっ、ちなみに、彼女なんていますか?」

慎之介に小声で訊《たず》ねると、

「いまはいません」

慎之介は言い、ギネスのグラスを一気に半分ほど飲み干した。

「じゃあ、その……里菜さんみたいなタイプは……」

「恋愛の対象外ですね」

「ええっ? どうしてですか? こんなに綺麗なのに……」

「そんな……綺麗なんて……」

里菜は空気が読めないのか、それともわざと読めないふりをしているのか、頬《ほお》を赤らめてもじもじした。

「正直言って……」

慎之介は呆れた顔で言った。

「こういう姑息《こそく》なやり方でコクろうとする女とは、関わりあいたくないですよ。あなた、タレントさんかなにか？　で、山岸さんがマネージャーですか？」

痛烈な皮肉に、里菜は泣きそうな顔になった。売れないイベントコンパニオンでーす、とおどけて自己紹介していた彼女を思いだすと、山岸の目頭《めがしら》も熱くなってくる。

慎之介の言い分はもっともだが、若い女の子をそこまでへこませなくてもいいではないか。

「あとまあ、せっかくだから言っておきますけど、僕はずっと年上の女が好きなんです。アラサー以上のね。だから、どうしたってあなたは恋愛の対象外。若くて綺麗な女なんて退屈なだけだ」

吐き捨てるように言うと、残りのギネスを一気に飲み干し、

「ご馳走さま」

ガンッ、とグラスをカウンターに置いて店を出ていった。

3

「ねえねえ、お兄ちゃーん。お肉、まだ焼けないのー？」

黄色いビキニ姿の里菜は、水遊びにはすぐに飽き、バーベキューグリルの前に立っ

た敦士にまとわりついて離れない。

「まだ全然だよ。表面焼いてから、蒸し焼きでじっくり中まで火を通して、ローストビーフみたいにするんだ……ってゆーか、おまえなんか着ろよ。寒いだろ」

「全然寒くないよ。お酒飲んでるし」

「酒もたいがいにしとけよな」

「お店じゃないからいいじゃないの。ねえねえみんな聞いて。お兄ちゃん、わたしのこと猫をつまみだすみたいに、お店からつまみだしたことあるんだよ。こうやって、襟首《えりくび》つかんで」

仲間たちがどっと沸く。

「ハハッ、ここで手に負えなくなったら川に放り投げてやるよ。水着着てるし、ちょうどいいだろ」

「ひどーい」

キャッキャとはしゃぐ里菜を眺めながら、山岸はやれやれと溜息をついた。

どうやら、慎之介にしたたかにふられたショックから、里菜のブラコンはぶりかえしてしまったらしい。

慎之介の一件以来、山岸の元に里菜から連絡は来なくなった。だから、会うのは二週間ぶりくらいだろうか。このバーベキューパーティに誘ってくれたのは、敦士だった。

「気の置けない仲間ばかりが集まるんです、たまには気晴らしにどうですか」

義理人情に厚い彼のことだ。里菜を店からつまみだした件の、フォローをしてくれるつもりだったのかもしれない。

山岸は悩んだ末に参加することにした。風光明媚な渓流にも、バーベキューにもさして興味はなかった。里菜のことが気になったからだ。気にして損をした。落ちこんでいると思えば、この調子だ。

だいたい……。

自分のような疲れた中年男が、彼女のことを心配することからして間違っていたのだ。心配することなどなにもない。世の中には慎之介のような熟女好きもいるけれど、あれは例外と言ってよく、里菜がモテないわけがない。その気になれば、男なんてよりどりみどり、日替わりで取っ替え引っ替えすることだってできるのではないだろうか。

山岸はパーティの群れから離れ、トイレに向かった。キャンプ場の設備にしてはきちんとしたものがある。用を足してもすぐに戻る気になれず、山道に入ってみた。ハアハアと息をはずませながら急勾配《こうばい》を登っていくと、キャンプ場を見下ろせる場所に出た。近くに大きくて平らな石があった。まるでベンチのようだったので、腰をおろし、呼吸を整える。

来るんじゃなかった……。

考えれば考えるほど、後悔ばかりがこみあげてくる。なるほど、普段接することのない自然に接するには絶好の場所だった。緑が眼にやさしく、空気は新鮮。だが、まるで楽しめない。

ハーッと魂までが口から出ていきそうな深い溜息をついて、石の上であお向けになった。頭上に鬱蒼《うっそう》と茂った木々の中で、鳥が鳴いていた。鳴き声は長閑《のどか》だったが、木々が太陽の光を遮《さえぎ》っている。

まるで、その向こうにいる里菜と遮られているようだった。底抜けに明るい里菜は太陽のようなものだった。そして自分は、日陰に咲く花……いや、この大きな石をひっくり返せば見つかるであろう、青白い虫といったところか。

溜息がとまらない。

思えば暗い青春を送ってきた。

とにかくモテなかった。モテようという意欲もなかったから、誰のせいでもなく自分のせいである。モテる男は努力をしている。敦士を見ていればよくわかる。他人を楽しませることに手を抜かない。こういうイベントを主催するだけではなく、日常の会話の一つひとつにそれはうかがえる。バーテンダーという職業柄ではない。そういう性格だから、人を楽しませる職業に就《つ》いたのだ。細やかな気遣いで、誰の心も癒やせるのだ。

その点、自分はまったくダメだ。

里菜が敦士の店からつまみだされたとき、ショックを受けた。店の前で膝を抱えて泣いている里菜に、なにもできない自分に対してである。情けなかった。慰《なぐさ》めてやりたい気持ちはあってもおろおろするばかりで、里菜は結局、ひとりで立ちあがって、ひとりで帰っていった。

慰めてどうこうしようという、下心があったわけではない。むしろ、下心を勘ぐられることを恐れていた。

まったく……。

いい年をして、どこまで意気地《いくじ》なしなのか。肩を貸してやるのが恥ずかしければ、自販機で水でも買ってくればよかったのだ。簡単なことではないか。「今日の敦士くん、ちょっと虫の居所が悪かったね」と笑い飛ばしてやるだけでも、里菜はずいぶん救われただろうに……。

「なにしてるの？」

声をかけられ、ハッと体を起こした。

薄暗い森の中が、急に明るくなっていた。

里菜が立っていた。

4

世の中には、水着よりセクシーな格好があることを初めて知った。

里菜は黄色いビキニの上に、白いTシャツを着ていた。プリントもなにもない、妙に薄い生地のTシャツで、黄色いビキニがちょっとだけ透けている。裾が太腿《ふともも》の付け根ぎりぎりなのもいやらしく、眼のやり場に困る。

「なにしてるって……」

山岸は苦笑まじりに答えた。

「ちょっと眺めのいいところに登りたくなっただけさ。緑があるところだと、空気もいいしね」

「ふうん」

　里菜が隣に座ってくる。近かったので、山岸は距離をとって座り直した。里菜はそれが不満だったらしく、平らな石の上にあがって、山岸の背中にもたれてきた。背中と背中があたっていた。

「おいおい、重いよ……」

　山岸は苦笑したが、きっぱりと無視された。

「どうして来たの？」

「えっ……」

「山岸さん、バーベキューなんて苦手そうじゃない？　肉はあんまり好きじゃないって言ってたし」

「いや、まあ、それは……」

　苦笑するしかない。

「せっかく敦士くんが誘ってくれたから、たまにはいいかなと……」

「それだけ？」

「……んっ？」

「わたしに会いに来てくれたんじゃないんだ？」

山岸が答えに窮《きゅう》していると、里菜が体重をかけてきた。里菜は石の上で座っているが、山岸は石の端にちょこんと尻を乗せているだけだった。足を踏ん張っていないと、尻がすべり落ちてしまいそうである。

「鈍《にぶ》いなあ」

「えっ？」

「わたしが本当に、あのムキムキのインストラクターのこと、好きだと思った？」

「ちっ、違うの？」

「普通だったらさ、馬鹿正直に呼んでこないと思うのよね。あの人の言ってたとおり、マネージャーじゃないんだから」

「いや、だって、自分が呼んできてくれって……」

「だ・か・ら、普通だったら呼んでくるふりをして、断られたとかなんとか言うもんじゃないのって。そうしたら、わたしは泣くわよねえ。お兄ちゃんにはお店からつまみだされるし、気に入った人には告白する前にふられるし、もう散々だもん。ビール飲みながら号泣よ。そういう展開、想像できなかった？」

「いや、それは……」

「全然、想像しなかったでしょ？」

　里菜が抱きついてくる。背中と背中があたっていたのが、背中に胸を押しつけられる格好になった。超スレンダーなくせに、胸のふくらみには女らしい丸みがあった。山岸の息はとまった。

「だから鈍感だっていうのよ。わたしが泣いたら、山岸さん、チャンスじゃないの。慰めるふりして、エッチなことだってできたかもしれないんだよ。山岸さんおじさんだし、もじもじしててあんまりカッコよくないけど、泣いてるところをやさしくされたらね、女なんて弱いものよ……ああ、もしかしたらわたしこの人のこと好きかもって、思っちゃうかもしれないじゃない？　違う？」

　顔が近かった。里菜はほとんど耳に唇《くちびる》がくっつきそうな距離でしゃべっていて、甘酸っぱい吐息の匂いが漂ってくる。

「山岸さん、わたしとエッチしたくない？」

「かっ、考えたこともないよ」

「男なんてエッチなことばっかり考えてるんじゃないの？」

「いや、それは誤解だ。そうじゃない男だって……」

「いません。エッチなこと考えてない男なんて、男じゃないもん。山岸さん、男じゃないの？」

両手で顔を挟まれ、強引に振り返らされた。息のかかる距離に、里菜の顔があった。嘘は言っていなかった。彼女と裸で抱きあうようなことを、山岸はいままで考えたことがなかった。

だが……。

間近で見る里菜の顔はすさまじい破壊力で、山岸の理性を崩壊させた。大きな瞳が潤《うる》んでいるところとか、小鼻がひくひくしているところとか、半開きの真っ赤な唇から白い歯がのぞいているところとか、なにもかもエロティックすぎていやらしいことしか考えられなくなった。

「バチがあたるから……」

赤い唇が動く。

「こんなにいい女が思いっきりアピールしてるのに、鈍感決めこんでると絶対にバチがあたる」

無言で見つめあった。自分のことを「いい女」だと笑わずに言える彼女が羨《うらや》ましかった。山岸には自信がなかった。しかし、欲望はこみあげてくる。里菜の真っ赤な唇に、自分の唇を重ねてみたい。ふっくらと肉厚で、サクランボのようにプリプリしているその唇に……。

「してくれないんだ、キス……」

吸いこまれそうな黒い瞳に、哀しみの影が差した。いつまで経ってもアクションを起こさない山岸に、ついに愛想《あいそ》を尽かしたようだった。

いや違うんだ！　いましようとしていたところなんだ！　と山岸は胸底で絶叫した。また失敗してしまったのだろうか。おろおろしていてチャンスを逃したばかりか、里菜をしたたかに傷つけてしまったのでは……。

「くっ、首がっ……」

必死に声を絞りだした。

「ひねりすぎてて首が痛いから……立ってしようかと……思ってたっていうか……」

「……ホント？」

里菜が上目遣いで見つめてくる。

「本当さ」

山岸はうなずいて立ちあがると、里菜の手を取り、石の上からおろしてやった。向かいあって視線を合わせると、心臓が口から飛びだしそうなほど暴れだした。里菜は挑発的でも哀しそうでもない、ぼんやりした眼つきをしている。もちろん、山岸はぼんやりするわけにはいかなかった。まずは腰を抱いて距離を縮めた。ウエストのあまりの細さに、気が遠くなりそうになった。

「いっ、いくよ……」

里菜が顎《あご》をあげて唇を差しだしてくる。

蛸《たこ》のような顔にならないように注意しながら、山岸は里菜の唇に自分の唇を重ねた。〇・三秒ほどの軽いキスだった。いくらなんでも短すぎただろうか。里菜は黙っている。お互いに、瞬《まばた》きも忘れて見つめあっていた。瞬きをしないと、涙が出そうになるものだ。おまけに体中が震えだした。山岸の唇には、たしかにサクランボのようなプリプリした感触が残っていた。

里菜が動いた。両手を山岸の首にまわし、今度は彼女のほうから唇を重ねてきた。口を開いたので、山岸もそうした。ヌルリと舌が差しだされると、必死になってからめていった。

完全に後手後手《ごてごて》にまわっていた。十八歳も年下を相手に、いったいなにをやっているのだろうか。しかし、動けない。淫《みだ》らな音をたてて舌をからめあわせながらも、里菜は完全に眼を閉じていなかった。ぎりぎりまで細めて、濡《ぬ》れた瞳でこちらを見ていた。

眼の下が、生々しいピンク色に染まっているのがいやらしかった。正直に言えば、モデル体型の彼女にセックスアピールを感じたことはなかった。ビキニ姿を披露されても、伝わってくるのは若さや美しさや溌剌《はつらつ》さばかりで、色っぽいムードは皆無だった。

だが、いまは違う。

女の顔をしている。

「……うんんっ！」

ピンク色に染まった顔が、せつなげに歪《ゆが》んだ。

山岸の両手が、男としての仕事を開始したからだった。呆れるほど細い腰を、Ｔシャツの上から撫《な》でた。すぐに生身に触れたくなって、Ｔシャツの中に侵入していった。抜けるように白い肌は、見かけ倒しではなく白磁のようにすべすべで、なめらかだった。スレンダーボディは、グラマーボディと違ってくびれが目立たないけれど、触っていると神様が与えてくれた素晴らしすぎるシェイプであることがよくわかった。

両手をすべり落としていった。黄色いビキニに包まれたヒップは小さかった。小さくても、丸みはすごい。撫でまわしていると、全身の血が沸騰するほど興奮してくる。

「ぅんんっ……ぅんんっ……」

ディープキスに熱がこもった。チューッと音をたてて舌を吸ってやると、里菜は眼を白黒させた。あわてる顔が可愛かった。先ほどまで生意気な口を利《き》いていた女と、同一人物とは思えない。いや、生意気な口を利いていた彼女が、あわてているから可愛いのか……。

山岸は夢中になった。昂《たか》ぶる吐息をぶつけあいながら、舌と舌とを執拗《しつよう》にからめあわせ、唾液と唾液を交換した。これ以上濃厚なキスは不可能ではないかという熱っぽさで里菜の口を堪能しつつ、両手で尻の双丘を揉《も》みしだけば、ズボンの中で痛いくらいに勃起してしまう。

しかし……。

尻の桃割れを指でなぞりたてはじめて、ハッとした。

俺はいったい、どこまでしようとしているのか？

少し立ち位置を変えて眼下を望めば、敦士をはじめとしたバーベキューパーティの参加者たちの姿が見える。こんなところでふたりきり、あまり長い時間を過ごしていてはまずいことになるのではないか。

今日はここまでで満足すべきだった。

ここから先に進むのは、東京に帰ってからでも遅くはない。とりあえず、おろおろしているばかりの情けない自分とは決別できた。この先、里菜との関係がどうなっていくのかはわからないが、少しは男らしく振る舞えるだろう。

「……どうしたの？」

キスを中断すると、里菜が不安げな眼を向けてきた。

「いや、その……そろそろ戻ったほうが……あんまりふたりきりで抜けてると、まずいじゃないか……」

山岸は言いながら、里菜の頭をやさしく撫でた。ショートカットでも、髪はさらさらしていて触り心地がいい。

俺だって、こんなふうに大人の態度がとれるんだな……。

勃起しつつも欲望をこらえた自分に、なんとも言えない満足感がこみあげてくる。

5

「よし、じゃあ行こう」

山岸が手を取って歩きだそうとしても、里菜は動かなかった。不満げに頬をふくらませ、恨《うら》みがましい眼つきで睨《にら》んでくる。

「……どうしたんだい？」

「まだ大丈夫よ」

「えっ……」

「そんなにすぐ戻らなくても、みんな勝手に楽しんでる」

「いや、でも……むむむっ！」

不意に股間をつかまれ、山岸の息はとまった。

「こんなになってるのに、下に戻ったら恥ずかしいんじゃない？　恥ずかしいっていうか、大ひんしゅくよ」

顔に似合わないいやらしい手つきで、里菜が股間をまさぐってくる。山岸はもちろん勃起していた。かつてないほど硬くなったイチモツは、かつてないほど敏感にもなっていた。

「ちょっ……待っ……なにをっ……」

慌てる山岸をかまいもせず、里菜は足元にしゃがみこんだ。ベルトをはずし、ファスナーをさげ、ブリーフごとズボンをめくりおろした。

「……やんっ」

天狗の鼻のようににょっきり伸びた男根を見て、里菜が眼を丸くする。しかしすぐに眼を細めた妖《あや》しい表情になって、眼の下を赤く染めた。

「すごい……立派なんですね……」

「いっ、いやっ……」

自分のものが立派であるかないか、山岸にはわからない。そんなことはどうでもいい。ズキズキと熱い脈動を刻んでいるイチモツとは反対に、持ち主はすくみあがっている。

ここは野外だった。山岸には、勃起した男根を野外でさらした経験などなかった。おまけにそのすぐ近くには、二十二歳の美女の顔が……。

「硬い……」

里菜の指先が、肉竿を包んだ。

「それに熱い……ズキズキしてる……」

「むううっ！」

すりすりとしごきたてられ、山岸の腰は反《そ》り返った。羞恥《しゅうち》心というか、罪悪感というか、ひどくいけないことをしているようで、心が千々に乱れていく。里菜がくんくんと亀頭の匂いを嗅《か》いでいる。それだって恥ずかしくてたまらないのに、とめることができない。

「……ぅんあっ！」

サクランボのような唇が、亀頭をずっぽりと咥《くわ》えこんだ。生温かく、ヌメヌメした口内粘膜の感触に、山岸の体は伸びあがる。息がとまり、首に何本も筋を浮かべる。顔の中心が、燃えるように熱くなっていく。

「うんんっ……ぅんんっ……」

里菜は口内でねっとりと舌を動かしながら、唇をスライドさせはじめた。もちろん気持ちよかったが、見た目の衝撃度はそれを軽々と凌駕《りょうが》していた。

まぶしいほどの若さと美しさを誇る小顔美人が、おのが男根を咥えこんでいるのだ。

サクランボのような唇から出たり入ったりするたびに、血管の浮かんだ肉竿が唾液をまとい、ヌラヌラと淫らな光沢を放ちだす。見れば見るほど現実感が失われていくが、それはたしかに現実で、しゃぶりあげられれば身をよじるような快感が襲いかかってくる。唇の裏側のつるつるした部分がカリのくびれを通過するときなど、飛びあがって叫び声をあげたくなるほどだ。

助けてくれ……。

山岸は、二十二歳のフェラチオに完膚《かんぷ》なきまでに翻弄《ほんろう》されていた。快楽の波状攻撃が、思考回路を次々とショートさせていく。いっそなにも考えられなくなり、射精に向かって走りだしてしまいたいが、それはできない。里菜の口を汚したくない一心で、必死にこらえる。燃えるように熱くなった顔から汗が噴きだし、顎の先端までしたたってくる。

「……ねえ」

里菜がせつなげに眉根を寄せて見上げてきた。

「わたし……欲しい……もう欲しくなっちゃった……」

「ええっ？」

山岸は泣き笑いのような顔になった。里菜は「欲しい」とささやきながら、唾液に濡れた男根をしごいてきた。つまり、結合を求めているらしいが、ここは野外である。

「人が来たらどうすんだ？」

「来ないよ、誰も」

「いや、でも……」

ためらう山岸を挑発するように、里菜は平らな石に両手をつき、尻を突きだしてきた。黄色いビキニショーツに包まれた小ぶりのヒップを、悩殺ポーズで見せつけてきた。

山岸も男だった。盛大に勃起した男根を女の唾液で濡らされた状態では、もはや理性を発揮することはできなかった。花に誘われる蜜蜂《みつばち》のように、黄色いヒップに吸い寄せられていく。左右の手のひらで撫でまわせば、ビキニショーツをずりおろさずにはいられなくなる。

「あんっ!」

ミルク色に輝くヒップを剝《む》きだしにすると、里菜は羞《は》じらって腰をくねらせた。羞じらっているのに、いやらしすぎる腰の動きだった。山岸は両手で尻の双丘をつかみ、ぐいっと割りひろげた。

まず眼に飛びこんできたのは、桃色のすぼまりだった。美人はこんなところまで綺麗なのかと驚嘆しながら、下方に視線を移していく。清潔感漂う女の花が、ぴったりと口を閉じて縦《たて》長の割れ目を見せつけてくる。

「むうう……」

そこまでするつもりはなかったのに、気がつけば山岸は里菜の花に唇を押しつけていた。すかさず舌を差しだして舐めまわせば、若々しい味と匂いに陶然《とうぜん》となってしまう。

「ああっ、ダメッ……そんなところ舐めないでっ……」

里菜は尻を振って羞じらったが、山岸はかまわず舌を踊らせた。強引にフェラチオをしておいて、クンニリングスを拒《こば》む権利などあるはずがない。

里菜の花びらはとても小さく、舌先でめくれば簡単に薄桃色の粘膜が顔をのぞかせた。山岸は左右の尻丘をぐいぐいと割りひろげながら、二十二歳の秘所を味わった。清らかな色をしているくせによく濡れて、すぐに猫がミルクを舐めるような音がたちはじめる。

「あああああっ……」

里菜が両脚をガクガク震わせる。尻や太腿の肉を波打たせて喜悦《きえつ》を噛《か》みしめては、ハアハアと息をはずませる。

山岸は立ちあがった。濡れ方はもう充分なので、結合には支障がないだろう。ここは逃げも隠れもできない野外である。できるだけ早く済ませてしまったほうがいい。

「いくよ……」

濡れた花園に切っ先をあてがうと、里菜は振り返り、横顔でうなずいた。ショートカットの見返り美人の図は、たまらなくフォトジェニックだった。首から上なら、雑誌のグラビアでも飾れそうだったが、彼女は剝きだしのヒップを突きだし、勃起しきった男根でいまにも貫かれようとしている。

若さに似合わない色香が匂う。

男の本能が揺さぶられる。

「むうう……」

山岸は腰を前に送りだし、ずぶりっ、と亀頭を埋めこんだ。小さな花びらを巻きこんで、はちきれんばかりに膨張した肉棒を、里菜の中に埋めていった。若牝《めす》の狭い肉洞をむりむりと押しひろげて、根元まで沈めこんでいく。

「んんんっ……んんんんーっ！」

里菜がうめく。深々と貫かれた衝撃に、スレンダーボディを小刻みに震わせる。

ついに繋がってしまった……。

高嶺《たかね》の花のさらに上、天空に咲き誇っているような美女の中に、おのが男根を突っこんでしまった……。

山岸は腰を動かすことができなかった。ここは野外だから、早く済ませてしまわなければならない。それはわかっているのだが、いまこの瞬間が、間違いなく自分の人生のハイライトだった。

四十年間生きてきて、いまほど男に生まれてきた悦《よろこ》びを嚙みしめているときはない。これから先、何十年生きようと、これより歓喜に満ちた瞬間が訪れるはずがない。

そう思うと腰が動いてくれず、ただ生々しい結合感を余すことなく味わおうとしてしまう。

心配ない。きっちりと繫がっている……。

山岸にとって人生最高のこの瞬間、里菜はどう思っているのだろうか？　訊ねることはできないけれど、彼女にとっても忘れられない出来事になってほしい。そのためには、ただ単に、動物的に射精を求めるのではなく、好きだという気持ちが伝わるようなセックスをしなければならない。

白いＴシャツをめくりあげ、水着のブラの紐をといた。両手を前にまわし、後ろから双乳を揉みしだいた。

「ああんっ……」

里菜が眉根を寄せて振り返る。山岸は双乳をやわやわと揉みながら、唇を重ねた。性器と性器を繫げながらするキスは、先ほどよりずっとエロティックだった。舌と舌とをからめあわせると、唾液がねっとりと糸を引く。乳首をいじりまわしてやれば、細い体を必死によじらせる。

「ぅんんっ……」

里菜が片脚を平らな石にのせた。バランスをとるためにそうしたのだろうが、ひどくいやらしい格好になった。

どうしてなんだ……。

これほど綺麗なのに、なぜこれほどまでにエロいのか？

「むむむっ……」

舌をからめあうディープキスを続けながら、ゆっくりと男根を抜いていく。結合感を一ミリずつ噛みしめるように、再びゆっくりと入り直していく。

「……きっ、気持ちいい」

里菜が唾液に濡れた赤い唇を震わせた。

「ゆっくり動くのっ……すごくいいっ……とっ、蕩《とろ》けちゃいそうっ……」

言いながら、大きな瞳がみるみる潤んでいく。山岸は、その瞳から眼が離せない。視線と視線をぶつけ合いながら、ゆっくりと抜き、ゆっくりと入り直す。動くほどに男根が硬くなっていくのは、連打を放ちたいからだ。それをこらえて、ゆっくりと抜き、ゆっくりと入り直す。里菜も同じことを考えているようだった。濡れた肉ひだが男根にからみつき、いやらしいくらい吸いついて、もっと強い刺激が欲しいと訴えてくる。

それでも、スローピッチの抜き差しを続けた。

里菜の顔が生々しいピンク色に染まって歪む。山岸の顔も、みっともないほど紅潮していることだろう。氷上を歩くような緊張感が、ふたりの体をどこまでもこわばらせ、震えをいざなってくる。

もう我慢できない――そう思ってから、いったいどれくらいそれを続けただろうか。二十回か三十回か、あるいはそれ以上……先ほどまで聞こえていた鳥の鳴き声が、いつの間にか聞こえなくなっていた。

五感がおかしなことになっているようだった。

感じているのはただ、蜜壺の締まりと温かさだけで、見えているのは欲情しきった里菜の顔だけだ。

いまこのときが、永遠に続けばいいと思った。

それが許されるなら、射精の快楽を奪われたってかまわない。ずっとこうやって、里菜とひとつになっていたい。里菜と見つめあいながら、千年でも万年でも森の木々のように生きつづけたい。

だが……。

男の体はそういうふうにできていないのだった。

永遠の愛より、刹那《せつな》の快楽のほうが遥かに重い。こみあげてくる衝動は、抗《あらが》いがたい魅惑を放って、ロマンチックに生きることを許してくれない。

ごめん里菜……。

山岸は胸底で詫びつつ、双乳から手を離した。細い腰をがっちりとつかみ、怒濤《どとう》の連打を送りこんだ。カリのくびれで内壁をしたたかに逆撫でしては、最奥まで亀頭を届かせる。

「はっ、はぁあうううううーっ！」

音の消えていた世界が、獣《けもの》じみた悲鳴によって、一気に現実を取り戻した。パンパンッ、パンパンッ、と音をたてて、山岸は里菜を突きあげた。溜めこんだエネルギーを爆発させるような腰振りは、自分でも制御不能だった。

里菜のお尻はとても小さくて可愛いから、激しく突くのが可哀相《かわいそう》な気がした。しかし、小さなヒップは、貫いている実感が強い。眼も眩《くら》むような快感のせいで、やさしくしてやることができない。むさぼるように腰を使う。鋼鉄のように硬くなった男根で、奥の奥まで突いて突いて突きまくる。

「ダッ、ダメッ……ダメえええええええーっ！」

里菜がショートヘアを振り乱す。

「そんなにしたら、イッちゃうっ……イッっちゃうっ……はぁあああーっ！」

もはや振り返ることもできないまま、里菜は全身をこわばらせていく。山岸はピストン運動のペースを落とさない。むしろフルピッチで腰を振りたてる。里菜の中は洪水状態で、突けば突くほど蜜があふれてくる。緑に覆われた景色の中に、粘っこい肉ずれ音が響く。パンパンッ、パンパンッ、という乾いた音がそれに続く。里菜の悲鳴やお互いの呼吸音、さらには爆発しそうな心臓の音までが混じりあって、カオスとなる。

「……イッ、イクッ！」

里菜の腰が、ビクンッ、ビクンッ、と跳ねあがった。若牝をオルガスムスに導いた興奮が、山岸をさらに燃えあがらせる。火柱と化した男根で、渾身のストロークを送りこむ。繋げた性器を通じて、女体の痙攣《けいれん》が伝わってくる。蜜壺が締まりを増し、男の精を吸いとろうとしている。限界が迫ってくる。射精の前兆に体が震えだし、顔が火を噴きそうなほど熱くなっていく。

「だっ、出すよっ……出すよっ……おおおおおおーっ！」

最後の一打を深々と打ちこんで、男根を抜いた。膣外射精をするためだったが、自分の手指で握りしめる前に、振り返った里菜が口唇に咥えこんだ。驚いている暇もなかった。双頰をへこませて、したたかに吸いしゃぶられた。

「おおおっ……おおおおううううーっ！」

天を仰ぎ、獣じみた雄叫びをあげた。ドクンッ、と射精に至った瞬間、体の中で爆発が起こった。ドクンッ、ドクンッ、ドクンッ、と畳みかけるように発作が起こり、快楽が眼も眩むような奔流《ほんりゅう》となって五体を揉みくちゃにした。

恥ずかしいほど身をよじりながら、里菜を見た。

これ以上なくいやらしい顔をして、男根をしゃぶりあげていた。

いつまでも見ていたかったが、山岸は押し寄せてくる快感に耐えきれず、眼を閉じた。眼を閉じても、脳裏に里菜の顔が焼きついて離れなかった。

6

時間差をつけて、バーベキューパーティに戻ることにした。

山岸が戻ったとき、里菜はすでに酒宴の中心にいて、楽しげに笑いながら、ビールを飲んでいた。

「どこ行ってたんですか？」

敦士が声をかけてきた。山岸は彼の顔をまともに見ることができず、不自然な態度をとらないように努めるのが精いっぱいだった。

「いやその……山に登っていったら、道に迷っちゃって……まったく情けない。アウトドアには不慣れなもので……」

とぼけた顔で頭をかきつつも、鼓動が乱れてしかたなかった。時には厳しく叱《しか》ることがあっても、彼にとって里菜は可愛い妹だろう。その里菜を抱いてしまったのだから、平常心でいられるわけがなかった。

「ちょっといいですか」

「えっ……」

敦士にうながされ、ふたりで川辺に向かって歩きだした。不安に心臓が縮みあがった。敦士の表情が、にわかに険《けわ》しくなっていたからだった。

まさか……。

里菜を抱いたことがバレてしまったのだろうか。証拠まではつかまれなくても、あやしいと勘ぐられているとしたら、どうすればいいだろうか。

敦士は川のすぐ近くまで来て足をとめた。意外なほど、流れる川の音が大きかった。みんなのところまで声が聞こえないように、配慮したのだろう。いよいよ不安が高まってくる。

「里菜がまた、ご迷惑おかけしましたか?」

「あっ、いや……」

「山の中で、妹と一緒にいたんでしょ?」

「いやいや、会ってませんよ。彼女も山に登ってたなんて、知らなかったなあ」

「……そうですか」

敦士が溜息まじりに苦笑したので、山岸は冷や汗が出てきた。なにもかも見透かしているような表情だった。年は若くても、彼はバーテンダーだ。バーという空間は、男女が恋愛劇を繰りひろげる舞台である。普通の人間より、その手の勘が鋭《するど》くてもおかしくない。

「里菜のこと、よろしくお願いしますね」

敦士は、午後の陽光を反射してキラキラと輝いている川面を眺めながら、嚙みしめるように言った。

「あいつはべつに、ブラコンなんかじゃないんです。そういうふうに振る舞っていても、実はファザコン……僕ら、早くに父親を亡くしてましてね。とくに里菜は小学生のときだったから、心の傷も深くて……」

山岸は敦士にわからないよう、大きく息を呑みこんだ。

なるほど……。

だから自分のような疲れた中年男に、あれほど積極的なアプローチを仕掛けてきたのか。

「山岸さんに懐《なつ》いてるのは、そのせいだと思うんです。なんでも肯定してくれる異性の大人っていうのが、彼女にはいなかったから……でも、甘やかす必要はありませんから。態度が悪かったらビシッと叱るのも父親の役目っていうか……こんなこと、赤の他人の山岸さんに頼むのもどうかと思うんですけどね。でも、あいつがこんなに誰かに懐くのは珍しいっていうか、山岸さんくらいだから……今日だって、あいつがどうしてもっていうからお誘いしたんです。僕はかえって迷惑なんじゃないかと思ったんですが……」

「そうだったんですか……」

山岸の声はひどく掠《かす》れ、震えないようにするのが大変だった。自分に父親の役割ができるだろうか、と内心で首をかしげる。どう考えても、無理そうだった。せめて体を重ねる前に言ってもらえたらよかった。

いまとなっては、里菜は完全に恋愛の対象だった。里菜が自分を求めているように、山岸も彼女を求めている。始まりはまさかの展開でも、これからどんどん恋の炎が大きくなっていく気がしてならない。里菜が自分よりも大切な存在になるまで、おそらくそれほど時間はかからない。

「まあ、ややこしい話はここまでにしましょう」

敦士がふっと笑った。今度はどこか吹っ切れたような、さわやかな笑顔だった。

「山岸さんが道に迷っている間に、肉がすっかり焼きあがったんです。会心の出来ですから、ぜひ食べてください」

「ええ……」

山岸はうなずき、ふたりで酒宴の輪の中に戻った。

「はい、山岸さん。お肉取っといてあげたよ」

肉の載った紙皿を持ち、里菜が近づいてくる。楽しげに肩を揺らしているその顔には、照れ笑いも、はにかみの色もない。いや、もっと言えば、先ほどまで撒《ま》き散らしていた、悩ましい色気まで消え去っている。

若くても、女は生まれながらの女優というわけか。いつもの底抜けに明るい笑顔が、山岸にはやけにまぶしく感じられた。

「ありがとう」

紙皿を受けとると、ずっしりと重かった。敦士入魂の肉料理は、表面はこんがりと焼けているのに、ナイフを入れた断面には赤さが残っていて、バルサミコを使ったソースがかかっていた。

どうやら、普通のバーベキューのクオリティではないようだった。その証拠に、誰もが満面の笑みを浮かべて肉を頬張り、ビールやワインを呷《あお》っている。旨い、おいしい、という声も絶えない。

とはいえ……。

山岸は、肉があまり得意ではなかった。炒《いた》め物などに入っているぶんには気にならないが、肉の塊には怖じ気づいてしまう。とくにレアはダメだ。肉好きの人間には涎《よだれ》が出そうな料理でも、苦手意識が先行する。

だが、食べないわけにはいかないので、思いきって齧《かじ》りついた。肉汁が口の中いっぱいにひろがり、炭焼きの香ばしさが鼻腔《びこう》をくすぐる。

旨かった。

ジューシーな肉料理というのは、こういうものを言うのだろう。苦手意識は一瞬にして吹っ飛び、続けざまにふた口目を頬張った。

あわてて食べたので噎《む》せてしまい、

「なにやってるのー」

里菜がケラケラ笑いながら、プラスチックのコップに赤ワインを注いで渡してくれる。芳醇《ほうじゅん》なワインの味が、よりいっそう肉の旨味を増幅させる。

敦士の料理の腕前、渓流でバーベキューパーティというシチュエーション、久しぶりに夢中になったセックスの余韻《よいん》、理由はいろいろ考えられるけれど、これほど肉を旨いと思ったのは初めてだった。旨いだけじゃなくて、食べれば食べるほど体が熱くなり、エネルギーがわいてくるようだ。

「どうしたんですか?」

里菜が眼を丸くして、顔をのぞきこんできた。

「山岸さんって、そんなにお肉好きでしたっけ？　いつも居酒屋じゃ、ししゃもとかしらすおろしばっかり食べてるのに」

「いやまあ、そうなんだけど……」

苦笑しつつも、皿に盛られた肉をすべて平らげてしまう。

「嬉しいなあ。山岸さんの食べっぷり、今日イチで最高ですよ」

敦士が笑いながら肉のおかわりを持ってきてくれ、

「ホントびっくり」

里菜がワインを注いでくれる。

山岸は自分でも驚いていた。まるでなにかが覚醒してしまったようだった。

味覚の問題ではない。

本能が目覚めてしまった、と言ったら大げさだろうか。肉を食らえば、男が奮《ふる》い立つ。男が爆発する。そう念じながらもりもり食べる。

なにしろ、これから十八歳も年下の女と渡りあっていかなければならないのだ。ただでさえ、二十二歳と言えばエネルギーがありあまっている年ごろなのに、里菜はそれに輪をかけて元気いっぱいだ。

手強《てごわ》い相手である。

心身ともにスタミナをつけなくては、とても太刀打ちできそうにない。

それにしても、四十路《よそじ》になって本能の目覚めとは……。

思わず苦笑がもれそうになるが、年齢を理由に尻込みするのはもうやめにしなければならない。

里菜が青春真っ盛りなら、こちらもそれに便乗してしまえばいい。

里菜が欲しかった。

暗くなったらもう一度、山に連れこんで抱こうと思った。

第四話　卵かけごはん

1

今日もこんな感じか……。

波多野敦士は、カウンターに並んだ客の顔をさりげなく確認し、胸底で溜息をついた。

ここは敦士が営《いとな》んでいるバーである。カウンター席が八つあるだけの小さな店だが、木の素材感を生かしたオーセンティックな内装にはこだわりがあるし、キャンドルを多用した照明は少しコストがかかるけれど頑張って続けている。駅から遠いので、近所に住む人たちが寝酒を飲める店になるよう、営業時間は午後八時から午前四時。深夜まで働いている飲食業者の憩《いこ》いの場になるだろうというのが、開店前の予想だった。

しかし、蓋《ふた》を開けてみれば、若い女のひとり客が圧倒的に多かった。今日も四人いる客の全員がそうだ。きれいにひと席ずつ開けて、ぼんやりグラスを傾けたり、煙草《たばこ》を吸ったり、スマホをいじったり……。

女性客がひとりでも安心して飲めるバーであることに、誇りを感じないわけではない。

だが彼女たちは、いささかよこしまな目的でこの店に通っている。敦士にかまってもらいたいのだ。

なるほど、酒や音楽に酔いしれながら、気の置けないバーテンダーと談笑を交《か》わすというのも、バーの楽しみ方のひとつだろう。けれども、あきらかに彼女たちは、もっと深い関係を築こうとしている。

もうはっきり言おう。彼女たちは敦士のことを、恋愛対象としてロックオンしているのである。

敦士は二十八歳、独身。容姿は悪くないし、物腰が柔らかいので、昔からモテるほうだった。しかし、この店を始めて以来のモテ具合は異常と言ってよく、正直、ものすごく疲れる。

他の客がいないときはあからさまにはしゃいで、根掘り葉掘りの質問攻め。他の客が来るとムスッと押し黙り、今日のように自分と同じ目的の客ばかりであれば、無言のうちに威嚇《いかく》しあう。

「敦士さん、同じものおかわり……そういえばさ、こないだの話だけど、わたし、猫を飼いはじめたって言ったじゃない？」

そんなふうに誰かひとりが話しかけてこようものなら、他の三人が途端《とたん》に眼を剝《む》く。並んで座っている彼女たち同士は見えなくても、正面に立っている敦士には表情の変化が丸わかりで、おかしいのを通り越して、時折、背筋が寒くなることさえある。

モテモテで羨《うらや》ましい限りだよ、と友人にはからかわれるが、仕事場がそんな雰囲気になっても面倒くさいだけだ。ここは色恋営業で楽しませるホストクラブではないし、敦士はもちろん、ホストではない。

とはいえ、女そのものを毛嫌いしているわけではなかった。むしろ、女好きでは人《じん》後《ご》に落ちない自信がある。

敦士の場合、若い女は恋愛対象外なのである。バーに未成年は入れないから、ここでの若い女の定義は二十代ということになるが、論外である。三十五歳から四十歳までが敦士のストライクゾーンで、四十を超えていてもまったく問題はない。敦士にとってはひとまわり以上年上ということになるけれど、全然ＯＫだ。

というのも、ただ単に年上がいいというわけではないからである。

子持ちがいい。

経産婦《けいさんぷ》が好きなのだ。

女が女として完成するのは子供を産んでから——敦士には、そういう信念にも似た考えがある。

とにかくセックスが素晴らしい。アラフォーの経産婦を一度でも抱いてみれば、二十歳そこそこの小便くさい娘など、まったく興味がなくなる。氷が溶けて薄くなったカクテルと、味も匂いも強烈なアイラ島のスコッチくらい、発情のレベルに差がある。

我を忘れるようなオルガスムスは、子供を産んだ女にだけ与えられる神様からのギフトらしい。感度が高く、色香が濃厚で、欲望が深い女ほど、抱き心地のいいものはない。

しかし、そうなると問題がひとつ起こる。

相手が人妻というパターンが、必然的に増えてくる。

人妻をベッドに誘うことに、罪悪感はなかった。妻が外で浮気をするのは、たいていの場合、夫のほうが悪いからだ。釣った魚に餌《えさ》をやらず、家政婦扱いでこき使い、挙げ句の果てにはセックスレス——そんな夫は妻に浮気をされて当然に決まっているではないか。

とはいえ、すっかりベッドで食指《しょくし》が動かなくなった古女房でも、浮気をされれば怒りだすのが男という生き物である。

遊び相手の家庭を崩壊させてはさすがに胸が痛むので、敦士は細心の注意を払って人妻に接している。証拠が残るラインやメールでは連絡しないし、逢瀬《おうせ》はなるべく昼間のうち。店で飲んだ流れでセックスなどしようものなら、朝帰りさせることになってしまうからだ。

利用するホテルも人目につかないところを選ぶし、尾行されているかもしれないという意識が常にある。匂いの強い備品のソープは使わせないし、別れ際には、相手の下着や服装のチェックまでする。

そこまでしてもバレてしまうことがあるのだから、本当に世の中はままならないものだ。

数日前、以前遊んだ人妻の夫が、店に怒鳴りこんできた。たまたま客がひとりもいないときだったら助かったものの、相手を威嚇《いかく》すればどうにかなると思いこんでいる、声がでかいだけの頭の悪い男だった。

幸い、決定的な証拠はつかまれていないようだったので、敦士は一歩も引かずに対応し、なんとか追い返すことができたものの、大事にしていたグラスをひとつ割られてしまった。

おかげでその日は、一日中気分がブルーだった。ほとんど八つ当たりのような感じで、妹の里菜を店からつまみだした。酒癖の悪さが眼に余るのはいつものことなのだから、なにもつまみだすことはなかった。しかも、山岸という恩のある整体師の前だったので、自己嫌悪でやりきれなくなった。

2

トラブルの傷も癒えたある日のこと。

敦士は久々に女と会うことになっていた。

昼過ぎにベッドから這《は》いずりだし、風呂に浸《つ》かって前日の酒を抜いてから、自宅マンションを出た。

先週キャンプに行ったときはまだ夏の残滓《ざんし》がかすかに残っていたのに、すっかり秋めいた風が吹いていた。地下鉄を乗り継いで向かった先は、ゴチャゴチャした浅草の街とはガラリと雰囲気が違う閑静な住宅街。買い物袋を持った専業主婦らしき女と何度もすれ違ったが、今日の相手は人妻ではない。ちょっと懲《こ》りてしまったので、しばらく人妻に手を出すのはやめようと思う。

目指す建物は、シックなたたずまいの低層階のマンションだった。家賃が高そうだなと思いながら、エントランスで部屋番号を押す。

住んでいるのは和久井《わくい》響子《きようこ》、四十二歳のシングルマザーである。熟女で経産婦で人妻以外となると、シングルマザー以外に選択肢がない。

「いらっしゃい」

微笑を浮かべて迎えてくれた響子は、白いニットにベージュのスカートという格好だった。部屋着にしては上等な部類に入るだろうが、いつも店に来てくれるときは隙《すき》のないタイトスーツ姿なので、ほのかに生活感が漂《ただよ》ってくるドレスダウンが新鮮だった。

彼女は夜のニュースのキャスターのような美熟女である。顔立ちの整った文句なしの美形であり、おまけに知的で品がある。

アパレル系の通販会社を経営しているらしい。自分で稼《かせ》げる女なので、バツイチでも悲愴《ひそう》感はまるでない。金があり、やり甲斐《がい》のある仕事をもち、愛する子供たちがいれば、夫など必要ないのだろう。言わずともそんな雰囲気が漂ってくるが、夫は必要なくても性欲はありあまっている。英雄色を好むという法則は、女にも適用されるらしい。

「どうぞ、あがって」

「お邪魔します」

敦士は靴を脱いで、スリッパに足を入れた。外観から想像できた通り、リッチな雰囲気のマンションである。玄関は広く、短い廊下を抜けると、ゆうに二十畳はあろうかというリビングに圧倒された。窓の外で揺れる緑が一幅《いっぷく》の絵画のようで、家の中にいながらにして庭でくつろいでいる気分にさせられそうだ。

とはいえ、彼女はシングルマザーだった。

部屋の内装や調度はモデルルームのように綺麗《きれい》でも、子供がいれば生活感が出る。たしかふたりとも男の子で、小学校五年生と三年生だった。壁に貼られたコルクボードには行事の予定表が並び、お絵描き帳やクルマのオモチャやプラスチック製のバットが、ソファの上に放置されている。

「ねえ、やっぱり外に行かない？」

響子が困ったような顔で言ってきた。

「今日お休みをとるために、ゆうべは遅かったのよ。帰ってきたの、夜中の二時。だから、掃除《そうじ》が全然できてなくて……」

「いや、いいですよ。掃除なら僕が手伝ってもいいし」

敦士が笑うと、響子はますます困った顔をした。

彼女が言う「外」というのは、ホテルのことだ。それも、ラブホテルなどではなく、外資系の高層ホテルである。いままで三度ほど利用したことがあるが、いずれも彼女が支払いを受けもってくれた。怖くて料金を聞けなかったが、彼女にとってはなんでもないことらしい。

だが、今回はそういうわけにはいかない。べつに女に奢《おご》ってもらうことに気後れしてしまうからではない。敦士はそういうところで見栄を張らない。年上の女がご馳走《ちそう》してくれると言うのなら、ありがたくその恩恵に与《あず》かる。贅沢《ぜいたく》がしたいのではなく、相手のやり方にあわせることにストレスを感じないのだ。

ただ、今回の場合は、事情が少し違った。

「息子たちがね、ふたり揃《そろ》ってアメリカに行くの。一週間の予定で」

キールロワイヤルのグラスを眺めながら、響子が意味ありげにささやいてきたのが、先週のこと。場所は敦士の店である。

「アメリカっていうと、別れたご主人のところですか？」

敦士はグラスを磨きながら訊《たず》ねた。

「そう、ニューヨーク。うちの学校、二学期制だから秋休みがあって、それにあわせて……下がまだ九歳だから海外旅行は早いかもって思ったんだけど、どうしてもって頼みこまれてね。まあ、養育費も貰《もら》ってるし、しかたなく送りだすことにしたわけ」

響子の元夫は日本人だが、離婚後に渡米して事業を起こしたらしい。どういう事業なのか、聞いたはずだが記憶にない。敦士は彼女の元夫になど、小指の先ほども興味がなかった。問題は、息子たちがアメリカに行っている一週間、響子がひとりになるということである。

逢瀬を誘ってきたのだ。

前回体を重ねたのが二カ月ほど前だから、そろそろ声がかかるのではないかと期待していたところだった。

外資系の高層ホテルを利用しても、ベッドインするのは夜景の見えない昼。彼女は仕事を抜けだしてきて、情事が終われば仕事に戻る。シングルマザーは忙しいのである。仕事の疲れを癒やすために敦士の店で飲んでいるときでも、ハウスキーパーとラインのやりとりは怠《おこた》らない。

だが、子供たちが不在となれば、時間を気にせず朝まで楽しめる。店が休みの日なら、敦士も早い時間から付き合うことができる。

高層ホテルのレストランでディナーを楽しみ、宝石箱をひっくり返したような夜景を眺めながら、とびきり淫《みだ》らなセックス――それも魅力的だったが、もっと刺激的なシチュエーションを閃《ひらめ》いてしまった。

「もしよかったら……」

他の客がいなくなったのを見計らって切りだした。

「響子さんの家に招待してほしいな。子供がいないとき」

「うちに……」

響子はひどく意外そうな顔をした。ふたりの関係は割りきったセックスフレンドであり、それ以上のことはお互いに望んでいない。だが、自宅に行ってみたいという要望は、恋人への格上げを狙っているように思われたのかもしれなかった。

「べつに変な思惑《おもわく》があるわけじゃないですよ」

敦士は言った。

「ただ、響子さんの家でセックスしたら、いつもより盛りあがりそうだと思っただけで……まあ、べつに嫌ならいいですけど」

「ふうん」

響子の眼の色が変わった。彼女は誰がどう見ても、エレガントなアラフォーレディだった。経営者としての風格もある。一度、部下の女性スタッフを店に連れてきたとき、「社長が感情的になっているのを見たことがない」と言っていた。さもありなん、と思う。

しかし、男と女の関係では、意地になるところがあった。ひとまわり以上年下の男に挑発的な台詞《せりふ》を吐かれ、黙っている女ではなかった。加えて、セックスに対する好奇心も強い。経験したことがない快楽が味わえそうなら、あえて挑発に乗るくらいのことは軽々とやってのける。

「じゃあ、うちに来たらいいわよ。なんのおかまいもできないけど」

クールに言い放ちつつも、期待に胸をふくらませているのがはっきりわかった。

「おかまいなんて必要ないですよ。響子さんがいてくれれば、それだけで」

敦士の言葉に、響子は口許だけで卑猥《ひわい》に笑った。

3

敦士はソファに腰をおろしてぼんやりしている。

響子がちょっと待っててとキッチンに引っこんでしまったからである。

他人の家にはそれぞれの匂いがあるものだ。

招かれてやっぱりと納得する場合もあれば、意外な場合もある。

響子の場合、後者だろうか。

ただ、嫌な匂いではない。ミルクのような甘い匂い——母の匂い、と言ってもいいだろう。この匂いが嗅《か》げただけでも、ここに来た価値があるというものだ。

普段の彼女からはまるで想像ができない。

外ではバリバリ働く女社長でも、家に帰れば二児の母……。

胸底で苦笑がもれる。

妹の里菜はファザコンだが、自分はマザコンなのではないか——そんなことを最近よく思う。父を早くに亡くしたせいで、シングルマザーになった母は毎日夜遅くまで働いていた。感謝こそすれ恨《うら》みなどないが、だからといって淋しくなかったわけではない。そういうことをなるべく意識しないようにしてきたつもりだが、里菜を見ていると自信がなくなる。

彼女にしても、兄の自分に淋しそうな顔など見せたことがないからだ。いつだって明るい笑顔を浮かべてはしゃいでいた。子供のころはとくにそうで、だからこそ、長じてからの恋愛に不器用な様子が痛々しくて見ていられないのだが……。

「コーヒーでいいかしら？　それともビール？」

キッチンから、響子が声をかけてきた。

「いや、水をください」

「お水がいいの?」

響子はミネラルウォーターをグラスに注いで持ってきてくれた。

「どうぞ」

差しだされても、敦士は受けとらなかった。

「口移しで飲ませてくれませんか?」

響子の顔に緊張が走った。ふたりの関係は恋人同士ではない。セックスフレンドだ。いまのひと言は、もうセックスを始めましょう、という合図に他ならなかった。

「せっかちなのね?」

「これでも自制心を発揮してるんですけどね。本当は玄関で抱きしめたかった」

響子はふっと余裕の笑みを浮かべた。ソファの隣《となり》に腰をおろし、グラスの水を口に含んだ。

唇《くちびる》が重ねられる。よく冷えた水が、トクトクと移ってくる。敦士が嚥下《えんか》すると、響子は唇を離した。雰囲気がガラリと変わった。女社長でも母親でもなく、女の顔になっていた。

「おいしかった？」

不安げに訊ねてきたので、

「もちろんですよ」

敦士は笑顔でうなずき、

「これ……手ぶらで来るのもなんだと思ったので」

持参した紙袋を渡した。

「なあに？」

「プレゼント」

「だからなあに？　開けてみたほうがいい」

「下着ですよ」

響子が眼を丸くする。

「デパートの下着売り場をまわって、似合いそうなやつを探してきました。だから、開けるなら隣の部屋で。着けて見せてくれたら嬉しいな」

「……そう」

響子は平静を装いながら腰をあげ、リビングから出ていった。

澄ました顔をしていても、高鳴る心臓の音が聞こえてきそうだった。いや、それは自分の心臓の音かもしれない。久しぶりの逢瀬、生活感漂うシチュエーション、とっておきのプレゼント――緊張するなというほうが、無理な相談だった。

響子はなかなか戻ってこなかった。

しかし、焦《あせ》る必要はない。時間はたっぷりある。いまが午後一時過ぎで、店の開店時間が午後八時。腰が抜けるまで快楽をむさぼることができるだろう。

「ねえ……」

響子がドアの向こうから声をかけてきた。

「寝室に行かない？」

下着姿を披露するのにリビングは明るすぎる、と言いたいらしい。この部屋は、なるほど明るい。午後の柔らかな陽光が燦々《さんさん》と差しこんで、淫靡《いんび》な雰囲気などまるでない。だからこそ、ここで見たい。

「せっかくプレゼントしたんですから、早く見せてくださいよ。もったいぶるなんて、響子さんらしくないな」

響子は挑発に乗った。扉を開き、おずおずとリビングに入ってきた。

「うわっ、すごい」

敦士は大仰《おおぎょう》に驚いて見せた。

「やっぱり似合いますよ、見立て通りだ」

用意してきた下着は、ラベンダーカラーだった。安物ではない海外ブランドで、ハーフカップブラ、ハイレグショーツ、ガーターベルトの三点セット。金銀の刺繍《ししゅう》をふんだんに使ったセクシー&ゴージャスな代物である。黒いストッキングは、もちろんセパレートタイプだ。

響子は華美な下着が苦手なようで、タイトスーツの下にいつもシンプルなものしか着けていなかったから、一度きわどいランジェリーを着けてもらいたかったのだ。サイズは前回の逢瀬でこっそりチェックしてあった。

「これは……さすがにセクシーすぎない？」

響子はひどく落ち着かない様子だったが、

「いいじゃないですか……」

敦士はまぶしげに眼を細めて言った。

「僕しか見てないんだから、恥ずかしがることないですよ……」

ささやきながら、上から下までじっくりと眺めた。顔は美形で、スタイルにはメリハリがある。おまけに色も白いから、セクシーすぎるランジェリーに負けていない。それを凌駕《りょうが》する色香がある。

美熟女好きの敦士は、彼女たちを扱う法則のようなものを心得ていた。

まずじっくり見てやる。

若い女の下着姿をジロジロ見ても、照れ笑いを浮かべられるだけだが、美熟女は恥ずかしがりながら興奮する。敦士は気まずい沈黙を恐れず、真顔《まがお》で凝視しつづける。

一分でも、二分でも……。

そして褒《ほ》めることだ。

「いやあ、ホントにすごい……」

立ちあがって、近づいていく。

「似合うだろうなとは思いましたが、まさかこれほどとは……胸は大きいし、腰のくびれもすごいから、見ていて全然飽きない。お尻も……こんなにボリュームあるのに垂れてないなんて、奇跡の四十二歳ですね……」

「やめてよ、歯の浮くような台詞……」

顔をそむけつつも、響子の頬《ほお》はピンク色に染まってくる。彼女ほどの美女なら、褒められることに慣れている。だがそれは、タイトスーツを着ているときだ。キャリアウーマンとして鎧《よろ》った姿を褒められても、女の部分には響かない。聡明な彼女は、服を脱いでも自分が美しいことをよく知っている。男に褒められたいと思っている。しかし、後腐れのないセフレでは、なかなかそこまでケアしてもらえない。それゆえ、褒めれば褒めるほど、響子の中で敦士のポイントはあがっていくのだ。心を許すことで、体も火がつきやすくなる。

「お世辞を言ってるわけじゃないですよ。ほら、見てください。僕の手、震えてるでしょう？　興奮して震えてるんですよ」

震える手を見せてやると、響子はそれをつかもうとした。敦士は手を引っこめて、距離をとった。手をつかまれれば、抱擁になり、口づけになる。それにはまだ早い。まず見てやること、そして褒めること、続く法則は焦《じ》らすことだ。早々に愛撫《あいぶ》を始めなくても、見て褒めて焦らしてやれば、熟女は勝手に欲情しきっていく。じっとしていられなくなるまで、それほど時間はかからない。

「せっかくだから、あっちでポーズとってもらっていいですか」

ソファにうながすと、

「ポーズって？」

響子は不安げな顔を向けてきた。

「グラビアモデルみたいなポーズですよ。とりあえず、四つん這いになってもらえます？」

「なんなのもう……」

響子は呆《あき》れた顔をしつつも、敦士のリクエストに応えてくれた。こちらに向かって尻を突きだし、完熟のヒップを見せつけてきた。ショーツはTバックだから、たるみもいやらしい尻の双丘が剝きだしだった。一方、こちらも熟しきった太腿《ふともも》は、むっちりと量感あふれる肉を極薄の黒いナイロンに包まれている。

「やばい、マジで震えがとまらなくなってきた……生唾《なまつば》まで……」

嘘ではなかった。本当に震えるほど興奮していた。いままで三度体を重ねた信頼関係があってこそだろうが、ここまであっさりとセクシーポーズをとってくれるとは思わなかった。

やはり、響子にしても見られたいのだ。日頃のストレスを解消するために、とことんいやらしいことをしてみたいのだ。

「振り返ってもらっていいですか？」

「こう？」

長い髪を搔《か》きあげながら振り返った響子は、不思議そうな顔をした。

「なにやってるの？」

敦士は響子に向かって、両手で四角い窓をつくっていた。画家やカメラマンがアングルを決めるときの仕草である。

「カシャ」

シャッター音を真似た声を出す。

「脳味噌《みそ》に焼きつけました」

「……馬鹿」

響子が笑う。

「本当はスマホで撮影したいところですけど、そうするといろいろ問題がありますから……脳内写真なら問題ないでしょ。カシャ」

「意外に幼稚なのね」

「否定はしません。今度はこっちを向いて両脚をひろげてください」

「えっ……」

「M字開脚ですよ、知ってるでしょう?」

「ううっ……」

響子は羞恥《しゅうち》に顔を歪《ゆが》めながらも、言われた通りの格好になった。

女の匂いが漂ってくるようだった。

4

四つん這いからM字開脚、さらには膝《ひざ》を抱えさせたり、しなをつくらせてみたり、敦士は思いつく限りのいやらしいポーズを響子に求めた。

響子は従順だった。

ひどく恥ずかしそうな顔をしながらも、敦士の要求に応えてくれたが、表情が次第に不安に曇っていった。

理由はあきらかだった。

とびきりセクシーな下着姿をさらしているのに、いつまでも敦士が手を出してこないことに焦れている。

それは前回までのベッドマナーとまるで違うものだった。高層ホテルの快適なベッドの上で、敦士はごく普通に響子を抱いた。愛撫を丁寧に行なうことと、激しいピストン運動で若さをアピールすることは心掛けたが、響子が戸惑ったり困惑するようなことは決してしなかった。

だがいまは、すでに三十分も〈脳内撮影会〉を続けている。

響子が不安になるのも当然だった。

敦士は前回までのセックスを通じて、ある予感を胸に抱いていた。響子がある特殊な性癖の持ち主ではないかということだ。その予感は、〈脳内撮影会〉で焦らせば焦らすほど、確信に近づいていった。

「ねえ……」

せつなげに眉根《まゆね》を寄せて、響子が声をかけてくる。

「そろそろ寝室に行かない？　写真なら、もういっぱい撮ったでしょ？」

敦士はまだ服も脱いでいなかった。それでも、股間のテントは隠しきれない。デニムパンツの前が、もっこりと盛りあがっている。

「そんなに大きくして……我慢しなくてもいいじゃないの。舐《な》めてあげる」

響子の紅唇が、卑猥なOの字を描く。ルージュと唾液でヌラヌラと濡れ光る様子が、身震いを誘うほどいやらしい。

「じゃあ、場所を変えますか」

敦士が言うと、響子は安堵《あんど》の溜息をもらし、続いて瞳をねっとりと潤《うる》ませた。これでようやくセックスが始まると、心の中で快哉《かいさい》をあげたのが聞こえてくるようだった。

玄関に向かうのとは、別の廊下に出た。寝室はいちばん奥の部屋らしい。だが、その手前にひとつ扉があった。

「ここは？」

「子供部屋」

響子の返事はそっけないものだった。彼女の意識はすでに、これから始まるセックスに向かっていた。後ろ姿から濃密な色香が漂ってきた。しかし、敦士にとっては聞き捨てられない情報だった。

「ちょっと見てもいいですか？」

「えっ……」

戸惑う響子をよそに、扉を勝手に開けてしまう。彼女には息子がふたりいる。小学校五年生と三年生。勉強机がふたつ並び、二段ベッドがあった。才色兼備の母親から産まれたとはいえ、わんぱく盛りの男の子だから整理整頓が苦手なのだろう。床はかろうじて片づけられていたが、机の上やベッドの上は散らかり放題で、壁にはクレヨンで描いた絵が何枚も貼りつけられていた。

「べつに面白くないでしょう？　行きましょう」

響子が声を尖《とが》らせる。子供部屋の扉を開ける前とは、あきらかに表情が変化していた。女の顔から、母の顔へと……。

敦士は響子を部屋に連れこみ、扉を閉めた。

「ここでしましょうよ」

「……なに言ってるの？」

響子が眉をひそめる。

「いいじゃないですか。舐めてくれるんでしょう？　これを……」

敦士は素早くベルトをはずし、ブリーフごとデニムパンツをさげた。隆々《りゅうりゅう》と反《そ》り返った男根を、これ見よがしに見せつけてやる。

「どっ、どうしてこんなところで……」

戸惑う響子の表情は、母の顔と女の顔がせめぎあっていた。

「嫌ならいいですけどね。どうしてもここが嫌だっていうなら、もう一回リビングに戻って撮影会を続けても……」

響子が身をすくめる。子供部屋の扉を開けたことで反射的に母の顔になったものの、彼女の体には火がついている。それも、時間をかけてじっくりと点火したので、そう簡単に冷めることはない。

響子の体はセクシーランジェリーに包まれていた。そんな格好で子供部屋にいたくはないのだろう。所在なさげにもじもじしている。それでも、視線は反り返った男根に向かい、息を呑む。いや、生唾かもしれない。とにかく、リビングには戻りたくないと顔に書いてあった。セックスを始めたいのだ。彼女の頭の中はもう、淫らな欲望でパンパンになっているのだ。

「舐めてくれないならしまいますよ」

敦士が服を直そうとすると、

「待って」

響子は苦笑まじりにとめてきた。

「そんなに意地悪しなくてもいいじゃないの。寝室に行きましょう」

苦笑していても、その表情はすっかり余裕を失っていた。

「ここでしてください」

敦士は譲らなかった。

「ほら、しゃがんで……いつもみたいに舐めてくれればいいんですよ」

「ううう……」

響子は悔しげな顔をしつつも、言われた通り敦士の足元にしゃがみこんだ。咎《とが》めるように上目遣いで何度か見てから、勃起しきった男根に指をからめてくる。硬く張りつめた肉棒の感触に、眼を泳がせる。

彼女は欲情していた。

シングルマザーの女社長は忙しい。いくらいい女でも、派手に男遊びをすることはできない。響子はきっと、何日も前から今日という日を楽しみにしていたはずだ。若い男の腕の中で、思いきりオルガスムスを噛《か》みしめたいと……。

「……ぅんああっ！」

卑猥なOの字に割りひろげられた紅唇が、亀頭を咥《くわ》えこんだ。うぐうぐと鼻奥で声をもらしながら、勃起しきった男根をしゃぶりあげてきた。

痛烈な快感に、敦士は身をよじった。

響子のフェラチオは絶品だった。テクニックが優れているわけではない。なにしろ美形なので、男根を咥えた表情がたまらなく悩殺的だったが、それだけが痛烈な快感の理由でもない。

欲情が伝わってくるからである。

「うんんっ……ぅんんっ……」

男根を求める気持ちが生々しく伝わってくるような、しゃぶり方をした。それで深々と貫かれて、のたうちまわりたいという欲望が、響子の舌使いをどこまでもいやらしくしていく。

彼女は気づいていなかった。

その淫らな艶姿《あですがた》は、壁にかかった姿見《すがたみ》に映っていた。敦士は部屋に入ってきた瞬間、それに気づき、しっかりと鏡に映る位置にポジションをとっていた。

「いい眺めだ」

そちらを見ながらククククッと喉奥《のど》で笑ってやると、響子はようやく姿見の存在に気づき、顔色を変えた。紅唇から男根を吐きだそうとしたが、敦士はもちろん許さなかった。両手でがっちり頭を押さえつけ、腰を反らせた。

「うんぐううーっ！」

喉奥まで亀頭を突っこまれ、響子が眼を白黒させる。

「まったく、いやらしいお母さんだ。子供の勉強部屋で、こんなことしてるなんて……息子たちが知ったらどんな顔するだろうね？」

「うんぐっ！　うんぐっ！」

響子が鼻奥で悶《もだ》え泣く。眼に涙まで浮かべているが、敦士は手応えを感じていた。

彼女はたしかに、言葉責めに反応している……。

「ほーら、もっと真面目《まじめ》にしゃぶってくださいよ。舌も使って……」

言いつつも、顔ごと犯すような勢いでピストン運動を送りこんでいく。響子は舌も唇も使うことができず、ただ受けとめるばかりである。それどころか、喉奥まで亀頭を届かせているから、呼吸さえままならないのだろう。知的な美貌がみるみる真っ赤《まっか》に染まりきっていく。

「あああああっ……」

男根を引き抜いてやると、響子は大量の唾液をフローリングの床に垂らし、ハアハアと肩で息をした。休ませるために、イラマチオを中断したわけではなかった。床に座っている響子に、敦士は後ろから抱きついていく。もちろん、ポジションどりはミスらない。きっちりと、彼女の正面に姿見が来るようにする。

「前を見てくださいよ」

耳元でささやき、両脚をひろげた。

「いっ、いやあああーっ！」

響子は悲鳴をあげたが、その眼に映っているのは、恥ずかしいM字開脚で押さえこまれた自分の姿だ。

「シミができてるじゃないですか」

敦士は笑った。股間にぴっちりと食いこんだラベンダーカラーのショーツに、楕円形をした発情の印が浮かびあがっていた。ただでさえ、ガーターベルトまでしたセクシャルな姿が、にわかに濃厚な色香を振りまきだした。

「どうして興奮してるんですか？」

耳元で熱っぽくささやき、右手を股間に伸ばしていく。

「子供部屋でエッチなことするのが、そんなにいいんですか？」

「よっ、よくないっ……よくないのっ……あううっ！」

響子の言葉は続かず、白い喉を突きだしてのけぞる。敦士の右手の中指が、股布のシミに触れたからだった。

割れ目をなぞるように、ショーツ越しに指を動かしていく。響子がいやいやと身をよじる。淫らな悲鳴をこらえて顔を真っ赤に燃やし、首に何本も筋を浮かべる。

前回よりも、あきらかに感度があがっていた。

おそらく猫を被っていたのだ。

あるいは、自分の性癖に無自覚だったのか。

敦士の見立てによれば、響子はドMだった。辱《はずかし》められれば辱められるほど、深い快感を味わえるはずなのだ。

敦士はそういう女が嫌いではなかった。ドSであるとまでは言わないが、ずっと年上の女をひいひい言わせれば興奮する。それも、響子のように社会的地位が高い女なら、なおさら……。

「あああーっ！」

ショーツの中に右手を侵入させていくと、響子は悲鳴をこらえきれなくなった。指は剛毛を掻き分け、女の花に忍び寄っていく。くにゃくにゃした貝肉のような花びらは、触れるだけでたまらなくいやらしい。

「びっしょりじゃないですか？」

敦士は勝ち誇ったように笑った。指を動かして花びらをめくれば、奥から新鮮な蜜があふれてきた。まさに洪水状態だった。蜜を指にからめて、花びらをいじった。下から上に、下から上に、尺取り虫のように指を這わせ、肉の合わせ目にある小さな突起を撫《な》で転がす。

「あああーっ！　くぅうううーっ！」

指がクリトリスに触れるたびに、響子の腰は跳《は》ねあがり、ガクガクと震えた。紅唇を卑猥なＯの字に割りひろげたまま閉じることができなくなり、激しく息をはずませている。

「いいんですか、お母さん」

敦士は指を動かしながら、耳元でささやいた。

「子供部屋でこんなに気分出しちゃって、息子さんたちに顔向けできなくなるんじゃないですか？　もうやめますか？」

「やめないでっ！」

響子は焦った声をあげた。次の瞬間、声量の大きさに、彼女自身が驚き、羞《は》じらった。

「やっ、やめないでっ……続けてっ……きっ、気持ちいいからっ……」

蚊の鳴くような声で言い、真っ赤に染まった顔を伏せる。恥ずかしそうにしていても、マグマがたぎるような発情ばかりが伝わってくる。

5

子供の勉強机は角が丸くなっている。

怪我《けが》を防止するためだろうが、敦士は子供のころから、その形状がいやらしく感じられてならなかった。自分は頭がおかしいのだろうかと思い悩んだこともあるけれど、なんということはない、机の丸い角に股間を押しつけることで性に目覚める女子は、意外にも少なくないらしい。

「いっ、いやっ……」

響子を机の側に立たせ、丸い角に股間をあてさせた。セクシーランジェリーは、まだ脱がしていなかった。股間にぴっちり食いこんだショーツの奥では、女の花が熱く疼《うず》き、股布をぐっしょり濡らしている。

屈辱的な格好である。

思春期の女子が股間を押しつけるのは、自分の勉強机、あるいは教室にあるそれだろう。母になった美熟女が、実の息子の勉強机でオナニーをする姿など、滅多《めった》に拝むことができないに違いない。

「こすりつけてくださいよ、自分で腰を振って」

敦士は背後から抱きしめるようにして、双乳をすくいあげた。ブラ越しだったが、それでいい。下着とストッキングをフルセットで着けたままだから、響子の素肌は汗ばんでいる。甘ったるい発情の汗の匂いが、エロティックな気分をかきたてる。

「あああっ……」

ブラ越しの愛撫でも、ぐいぐいと指を食いこませれば、響子はあえぐ。発情しきっているのだから、あえがずにはいられない。最初のうちはいやいやと身をよじっているばかりだったが、次第に、腰の動きが艶《なま》めかしくなってきた。刺激を求めて、こんもりと盛りあがった恥丘を丸い角にこすりつけはじめた。恥丘だけならまだいいが、やがてもっと下を狙うようになった。クリトリスにあたると、ビクンッと腰を跳ねさせる。Tバックから露出した豊満な尻の双丘が、ぶるぶるっ、ぶるぶるっ、と波打つように震えだす。

「あああっ……はぁあああっ……はぁあああっ……」

それが息子の勉強机でも、発情しきった四十二歳の熟《う》れ熟れボディは、一度快感を味わえば、さらなる刺激を求めてやまない。羞じらいに眼の下を赤く染めながらも、腰が大胆にくねりだす。クリトリスに丸い角を押しつけては、ハアハアと息をはずませる。

「いやらしい腰使いだな、お母さんのくせに……」

敦士はブラのカップをめくりさげ、生のふくらみを露出させた。あずき色も卑猥な左右の乳首をつまみあげ、したたかにひねりあげた。

「はっ、はぁあうううーっ！」

響子が獣じみた悲鳴をあげる。乳首を直に刺激するまで、ゆうに一時間は焦らしてやった。たまらない快感が訪れたに違いない。そしてそれは、さらなる刺激を求めさせる。

「あああっ……はぁあああっ……はぁあああー っ!」

恥にまみれながら股間を机の角にこすりつけている響子は、ショーツを穿《は》いている
ことがもどかしくてならないはずだった。ショーツの内側で女の花は熱く疼き、涎《よだれ》
じみた蜜を漏らして股布のシミを大きくしていく。

そこも直に刺激されたいに違いなかった。乳首のように激しく……。

「ねっ、ねえっ……」

響子がせつなげに眉根を寄せた顔で振り返った。

「もっ、もう許してっ……これ以上いじめないでっ……」

「べつにいじめてなんかいませんよ」

敦士は鼻で笑った。

「僕としては、響子さんがしてほしいことをしているつもりですが……希望があるな
ら、はっきり言ってください」

「もっ、もうっ……入れて」

「聞こえませんね」

「もう入れてちょうだいっ!」

叫びながら股間を机の角にこすりつける響子の姿は、もはや女社長でも母親でもなく、発情しきった獣の牝《めす》、いや、淫獣と言ってもいいほどだった。机の高さに股間の高さを合わせたため、両膝を菱形に曲げている後ろ姿が滑稽《こっけい》で、そうであるがゆえに眼も眩《くら》むほど卑猥である。

しかし、まだ足りない。

もっと欲しがらせてやりたい。

まだまだしつこく焦らし抜いて、オルガスムスのことしか考えられない境地へといざなってやりたい。

「これを入れてほしいんですか」

勃起しきった男根をつかませてやると、

「あああっ……」

響子の顔は蕩《とろ》けた。

「ちょうだい……これちょうだい……」

シコシコとしごきながら、眼尻を垂らして哀願する。

「どこに入れてほしいんですか？」

「そっ、それはっ……」

響子が顔をそむけたので、敦士はTバックを思いきりひっぱりあげた。

「はっ、はぁあおおおおーっ！」

股布を股間にぐいぐいと食いこまされ、響子は泣き叫んだ。直の刺激でなくとも、それは敦士が与えている刺激だった。自分で股間を机の角にこすりつけるのとは、わけが違う。

「どこに入れてほしいか、はっきり言ってください。もしかして口ですか？　さっきの続きで、その綺麗な顔を犯してほしんですか？」

「違うっ！　口じゃない……口じゃ……」

言いながら、淫らがましいダンスを踊る。クイッ、クイッ、とリズムをつけて、敦士がTバックをひっぱりあげているからだ。

「あああっ……はぁあああーっ！」

響子は喜悦《きえつ》に歪んだ声をあげ、腰をくねらせる。Tバックからこぼれた尻の双丘が、卑猥なほど震えている。ぶるぶるっ、ぶるぶるっ、と肉づきのよさを誇るように波打っている。

「口じゃないなら、どこです？」

「ゆっ、許してっ……」

髪を振り乱して首を振る。眼尻を垂らして哀願する表情がいやらしすぎる。

「言うまで絶対に許しません」

敦士は根比べを受けてたった。クイッ、クイッと右手でTバックをひっぱりつつ、左手で乳首をしたたかにひねりあげた。響子はもはや、痛みすら快感になるようで、

「はぁあおおおーっ！　はぁあおおおおおーっ」

獣じみた悲鳴を撒《ま》き散らしながら股間を机の角にこすりつけるばかりだった。しかし、足りない。その刺激だけでは、熟れた体を満足させることができない。真っ赤に染まった顔をくしゃくしゃに歪め、濡れた瞳に諦観《ていかん》が浮かんでくる。

「オッ……オマッ……コッ……」

か細く震える声で、言ってはならない言葉を口にした。

「オッ……ンコッ……してっ……」

「聞こえませんよ」

敦士は鼻で笑ってから、右の手のひらにハーッと息を吹きかけた。その手で、スパーンッ、と響子の尻を叩いた。豊満な尻肉が大きく揺れた。

「ひいいいーっ！」

響子は伸びあがって悲鳴をあげた。

「聞こえるように言ってください」

「オッ、オオオッ……」

恥辱《ちじょく》に歪んだ響子の顔を、敦士はのぞきこんだ。視線と視線がぶつかりあった。

響子はますます羞じらいながら、わなわなと唇を震わせる。

「オマッ……ンコッ……」

「もっとはっきり」

「オマンコッ！」

響子はいまにも泣きだしそうな顔で叫んだ。

「オマンコに入れてっ……オチンチンをオマンコにっ……オマンコに入れてえええええーっ！」

「恥ずかしくないんですか」

敦士は呆れた顔で言った。

「曲がりなりにも人の親のくせに、子供の勉強部屋でなに言ってるんだ、まったく」

響子はなにも言い返せない。言葉責めなど、もう耳に届いていないのかもしれない。発情しきった体を、ただいやらしく震わせるばかりだ。

「恥ずかしい顔をしっかり見ながら入れてあげますよ」

敦士は響子を姿見の前にうながし、両脇の壁に手をつかせた。そのまま尻を突きださせれば、立ちバックの体勢が整う。

「眼を開けて、しっかり前を見ててくださいよ」

Tバックショーツを片側に寄せた。ただそれだけで、響子は「ああっ」と艶やかな声をもらした。熱くただれた女の花が新鮮な空気にさらされ、気持ちよかったのだろう。

敦士は勃起しきった男根を握りしめ、切っ先を濡れた花園にあてがった。驚くほど濡れていた。密着させた亀頭から、いやらしいまでの熱が伝わってきた。

「いきますよ」

「ううう……」

鏡越しに、響子がうなずく。

敦士は息を呑み、腰を前に送りだした。よく濡れた美熟女の蜜壺に、ずぶずぶと男根を侵入させていく。

「んんんっ……んんんーっ……はぁあああああーっ！」

ずんっ、と突きあげると、響子の背中は弓なりに反り返った。やはり彼女はドMだった。命じた通り、しっかり眼を開けている。

敦士は鏡越しに響子の顔を眺めながら、腰を使いはじめた。肉と肉とを馴染ませる必要がないほど濡れた蜜壺は、軽く出し入れさせただけで粘っこい肉ずれ音がたった。

敦士は両手で響子の腰をつかんでいる。彼女の腰は、まるで「つかんでください」と言わんばかりにくびれている。さらにガーターベルトがすべりどめになり、いい感じだった。パンパンッ、パンパンッ、と突きあげるほどに、響子の顔は紅潮し、瞼《まぶた》が重くなってくる。ぎりぎりまで細めた眼で、なんとかこちらを見つめてこようとする表情が健気《けなげ》である。

しかし、それも風前の灯火《ともしび》だった。抜き差しが続けば、眉間《みけん》に刻んだ縦皺《たてじわ》はどこまでも深くなり、瞼が落ちていく。なんとか眼を開け、濡れた瞳で見つめてきても、快楽を嚙みしめるようにぎゅっと眼を閉じる。

「しっかり眼を開けてくださいっ!」

スパーンッ、と尻を叩くと、

「ひいいいーっ!」

響子は悲鳴をあげて眼を見開いた。尻尾《しっぽ》を踏まれた猫のような表情が、コケティッシュで可愛かった。

彼女は尻を叩かれることに抵抗がないらしい。スパーンッ、スパパーンッ、と叩いても、決して尻を引っこめようとしない。それどころか、突きだしてくる。一ミリでも深く肉棒を咥えこもうと、涙ぐましい努力をする。

「いやらしいなっ！」

敦士はぐいぐいと腰を振りたてては、痛烈なスパンキングで響子を責めた。たまらないようだった。

響子の両膝はガクガクと震えっぱなしで、立っていられないほど感じているのに、スパーンッ、と尻を叩けばシャキッとする。さらに抜き差しを続ければ、ひいひいと喉を鳴らしてよがり泣き、肉の悦《よろこ》びに溺《おぼ》れていく。

熱狂が訪れた。

陶酔と言ってもいい。

「ああっ、すごいっ……すごいいいいいーっ！」

愛息たちの勉強部屋にもかかわらず、響子は獣の牝となり、ドMの本性さえ露《あら》わにしていた。四十二歳の濃厚な色香を振りまいて、あえぎにあえいだ。

「もっとしてっ！　もっと叩いてっ！　こんなの初めてっ！　こんなの初めてよううーっ！」

敦士は叩いた。響子の白い尻が真っ赤になるまで平手を浴びせた。スパンキングは男にも深い快楽を与えてくれる。スパーンッと平手がヒットした瞬間、その衝撃で蜜壺がきゅっと締まるのだ。スパーンッ、スパパーンッ、と叩くほどに、肉と肉との密着感がどこまでも高まっていく。

「もっ、もうダメッ……イッちゃうっ……イクイクイクッ……はっ、はぁあおおおおおおーっ！」

ビクンッ、ビクンッ、と腰を跳ねあげて、響子は恍惚《こうこつ》の彼方《かなた》へとゆき果てていった。美熟女の熟れた肉が、いやらしいまでに痙攣《けいれん》していた。敦士はそれを堪能しながら、渾身のストロークで突きあげた。頭の中を真っ白にして、突いて突いて突きまくった——。

6

リビングに行くと、窓の外が夕焼けの茜《あかね》色に染まっていた。

楽しい時間があっという間に過ぎていくのは、いつだって人生の大切な教訓だ。夜まで時間はたっぷりあると思っていたのに、そろそろ宴《うたげ》も終了らしい。

「まあ、あれだけやれば充分か……」

敦士の口から苦笑がもれる。

子供部屋で一回戦、寝室に移動し二回戦、三回戦。敦士が射精に達したのは三回だが、響子は軽く十回以上、絶頂に達したのではないだろうか。それだけ夢中でまぐわっていれば、あっという間に陽が暮れてしまって当然である。

冷蔵庫を開けた。

ベッドで響子に腹が減ったと言うと、ハウスキーパーが食事のつくり置きをしてあるはずだと教えられた。彼女は精根尽き果てて動けないようだったが、敦士はこれから仕事である。他人の家の冷蔵庫を漁《あさ》るのは申し訳ないけれど、腹ごしらえをさせてもらうことにする。

タッパーに入っていたのは、鯖《さば》の味噌煮、筑前炊き、ひじきの煮物、ほうれん草のナムルといったところだった。なかなか優秀なハウスキーパーである。栄養のバランスが考えられたメニューだったが、どれも激しいセックスのあとでは食指が動かなかった。

それほど本格的な食事がしたいわけではないし、時間ももったいない。あと一時間ほどで、ここを出なければならない。さっさと食べてベッドに戻り、響子とイチャイチャしたいのだが……。

どうしたものかと考えあぐねていると、ガウンを羽織った響子がふらついた足取りでやってきた。

「あれ、どうしたんですか?」

「せっかくだから……わたしも……なんか食べようかな……」

身を寄せてきた響子の顔は、ひどくぼんやりしていた。瞼が重そうで、眼の焦点が合っていない。先ほど味わったオルガスムスの余韻《よいん》がまだ生々しく残っている。

「なんか恥ずかしいなあ」

響子はガウンを着ているが、敦士は全裸だった。下を向いているペニスを見て、響子がクスクスと笑う。お腹がすいているというより、彼女もまた、別れが名残《なごり》惜しいのだろう。タイムオーバーになるまで側にいたいという、いじらしい心情が伝わってきた。

「そんなにがっつり食べなくてもいいですよね?」

「うん」

「卵かけごはんなんてどうです?」

「ふふっ、そんなの久しぶり」

敦士は冷凍庫からごはんを出して電子レンジで解凍しはじめた。響子はぼんやりしたまま側にいる。束の間も離れたくないのだろうと思うと、敦士の胸は熱くなった。今日で四回目の逢瀬になるが、いささかアブノーマルなプレイをしたことで、ふたりの距離が縮まったようだ。

ごはんが解凍できたので、茶碗に盛りつけた。卵を割り、ごはんに載せる。ここまでは普通だが、先ほど冷蔵庫をチェックしたとき、だし醬油《じょうゆ》があった。さらに、戸棚にはやけに高級そうなオリーブオイルも……。

それらをかけて、完成だ。ダイニングテーブルに運んだ。

「この部屋で食べる食事の中で、いちばん質素なんじゃないですかね」

苦笑まじりに敦士が言うと、

「いいじゃない。おいしそう」

響子は笑顔で答えてくれたが、敦士が椅子《いす》に腰をおろしても、座ろうとしない。

「どうしたんですか？」

「えっ……」

響子は気まずげにもじもじしながら答えた。

「お尻が、ほら……ちょっと痛いから」

「ああ……」

敦士も気まずげな顔になる。

「調子に乗って、強く叩きすぎちゃいましたね。すいません」

「いいの、いいの。とっても興奮したから。明日になれば治ってるだろうし」

とはいえ、座れなくては食事ができない。

「いいわよ、わたし、立ったまま食べるから」

「じゃあ、僕も付き合います」

ふたりで立ったまま、卵かけごはんを掻き混ぜた。立食パーティでもないのに、腰をおろさず食べるのは行儀が悪い。だが、行儀のことを言うなら、敦士はそもそも全裸なのだ。響子だって、ガウンは着ていても全身から濃厚なセックスの匂いを漂わせている。

非日常的な感じが悪くなかった。子供が不在のシングルマザーの自宅、美熟女の裸身を飾るセクシーランジェリー、ちょっとばかりSMチックなセックス、そして裸で立ち食いである。今日は非日常的なことばかり続いている。

「おいしい！」

響子が眼を丸くした。

「卵かけごはんにオリーブオイルかけたのなんて初めて食べたけど……」

「オリーブオイルと卵って相性いいんですよ。まったりした味になるでしょ。普通の卵かけごはんより」

「うんうん、まったりしてる」

お互いに、黙々と食べた。食べるほどに、ベッドで使い果たしたエネルギーが補充され、元気になっていくようだった。ぼんやりしていた響子の表情も、食べおわるころには生気を取り戻していた。

「ごちそうさまでした」

「俺、いちおう料理人の端くれだから、もうちょっとマシなものつくりたかったんですが……」

「全然！　とってもおいしかった」

言いながら、響子は敦士の腕に腕をからめてきた。ベッドに戻りましょうと、目顔で誘ってきた。

敦士に異論はなかった。

この部屋を出るまで、あと四十五分。

見栄を張って凝《こ》った料理なんてつくらなくてよかった。卵かけごはんで、充分にエネルギーはチャージされた。
残り時間、心ゆくまでドMのシングルマザーとイチャイチャしよう……。

第五話　パイナップル、ピーチ、マンゴー

1

もう秋なのに、西日のあたるこの部屋は暑い。

安西晴香《あんざいはるか》は眼を覚ました。湿ったシーツの万年床《まんねんどこ》だ。以前は汗の匂いが気になって、夏になると一日に何度もシャワーを浴《あ》びていたものだが、なにごとも慣れるものである。

化粧っ気がない顔は汗ばんでいるし、裸で寝ている体もまたそうだった。うつ伏せで寝ていたので、乳房がとくに汗まみれである。片手で触れたが、手のひらでは拭《ぬぐ》いきれない。乳首が勃《た》っていたので、苦笑がもれる。吸われたり、舐《な》められたりされすぎて、ちょっとひりひりした。とはいえ、不快な痛みではなく、言葉にならない充足感を宿している。

隣《となり》で寝ている男も、また裸だった。ひどく痩《や》せていて、二の腕など女のように細い。乳房をあてると、ヌルリとすべった。その感触がなんだかとても心地よく、ヌルッ、ヌルッ、と何度も乳房をこすりつけていく。

汗の匂いが気にならないのは、男の匂いと混じりあっているからだろうか。

それだけではない、と晴香は鼻を鳴らす。

この部屋の一角を占めるスピーカー。古くて巨大なその上に、フルーツバスケットが飾られていた。パイナップル、ピーチ、マンゴー。果実が饐《す》えていくときに発する甘ったるい匂いに、男と女の匂いが混じりあい、まるで南国にある市場のような、ねっとりと濃厚な匂いが醸《かも》しだされている。

「……なんだよ？」

乳房をこすりつけているうちに、男が眼を覚ました。寝ぼけまなこで、痩せた頬《ほお》に皺《しわ》を寄せて笑う顔が可愛《かわい》い。

田中紀生《たなかのりお》、三十四歳。自称バンドマンだが、音楽活動をしている様子はない。働きもせず、日がな一日この部屋にいる。どうやって生計を立てているのか謎《なぞ》だったが、訊《たず》ねてもロクな答えが返ってきそうにないので、晴香は訊ねていない。

ドンドンドン……。

扉が叩かれた。安普請《やすぶしん》のうえに築三十年をゆうに超していそうなこのアパートの扉は、薄っぺらいベニヤ製だ。部屋と台所を仕切る引き戸がいつも開けっ放しだから、玄関は丸見えで、扉の向こうから人の気配が伝わってくる。

晴香はあわてて服を着けた。

といっても、ワンピースを頭から被っただけだ。ここは紀生の部屋だから、自分の知りあいが訪ねてきたわけではないという安心感があった。隣で紀生が、下着も着けずにデニムパンツを穿《は》く。もう何日もそこにある皺くちゃのTシャツを拾《ひろ》いあげて匂いを嗅《か》ぎ、まだ大丈夫という表情で袖《そで》を通す。

ドンドンドンドン……。

「はーい、いま開けまーす」

紀生が玄関に向かうと、晴香は玄関からの死角を探して隠れた。どうせ、なにかの集金だろうと思った。その予感は見事に的中したが、電気でもガスでも水道でもなく、家賃のようだった。大家は同じ敷地に建っている一戸建てに住んでいるらしい。いちばん言い逃れがきかない相手である。「いい加減にしてもらわないと困りますよ」と、尖《とが》った声が聞こえてくる。

「ごめん、晴香さん……」

紀生が泣き笑いのような顔で戻ってきた。

「溜めた家賃を払わないなら、出ていけって……」

晴香は曖昧《あいまい》に首をかしげた。

「お金、貸してもらっていい？」

「いくら？」

「三万二千円の三カ月分で、九万六千円」

「そんなに持ってるわけないじゃない」

晴香は呆《あき》れ顔で苦笑した。

「あるだけでいいから」

両手を合わせて拝み倒され、しかたなくバッグから財布を出した。一万円札が三枚と千円札が二枚あった。最後に残った虎の子だった。

「助かるよ。一カ月分でも払えれば、すぐに追いだされることはないから」

紀生は晴香の手から容赦なく金を奪い、玄関に向かった。

三万二千円……。

安普請の築三十年超とはいえ、いちおう都内にあるアパートである。驚くほど安い。うちの駐車場代より安いのではないだろうか。

「ホントごめん……」

ようやくのことで大家に解放された紀生が、苦笑まじりに戻ってきた。

「そのうち絶対返すからさ。借用書を書こうか？」

「いいわよ、べつに……」

晴香は首を横に振った。

「こっちだって、居候《いそうろう》させてもらってるわけだから……もうどれくらいいる？　五日？　一週間？」

紀生と眼を見合わせる。

「さあ」

紀生が首をかしげた瞬間、お互いにプッと吹きだした。

この部屋に来てから、晴香の時間はとまっている。

紀生もそうだろうか？

彼の場合、晴香が転がりこんでくる前から、時間がとまった生活をしていたような気もするが……。

「あと大家さんがさ……」

紀生がクスクス笑いながら言う。

「夜の声、もうちょっとなんとかしてくださいだって。晴香さん、けっこう声が大きいもんね」

晴香は眼を泳がせた。

「でも俺、晴香さんのあのときの声、すげえ好きだよ。イクときの絶叫がとくに好

「遠慮しないで出していいから」

晴香が黙っていると、紀生は自分の腕を顔の近くにもってきてくんくんと鼻を鳴らした。

「なんか汗くさいね。一緒にシャワー浴びようか。家賃払ってもらったお礼に、背中でも流すからさ」

んっ？　と晴香は内心で首をかしげた。

貸したはずの家賃が、いつの間にか払ったことになっている。どうせ返ってこないと思っていたので、べつにかまわないが。

この一週間、同じようなことが何度もあった。出前やケータリングを頼むたびに、金をねだられた。そもそも、出会いからしてダメ男全開だった。見も知らぬ間柄なのに、酒場でたかられたのだから……。

わたしは本当にダメ男と縁がある――胸底で深い溜息がもれた。

世の中には、女が付き合ってはいけない3Bという法則があるらしい。「美容師、バーテンダー、バンドマン」の頭文字をとって3Bだ。どの職業もモテるし、女の扱いに慣れているから、ひどい浮気性だったり、経済的に女に依存してしまう、ダメな男が多いのだそうだ。

都市伝説のようなものなので信憑性《しんぴょう》は定かではないが、晴香の夫は美容師で、バーテンダーと浮気をしてトラブルになり、家出してバンドマンの部屋に転がりこんだ。

3B総ナメである。

2

晴香は三十八歳。

気がつけばこの年になっていた。若いときには楽しいことがなにもなかった。二十一歳で最初の結婚をして子供を産んだのだが、相手の男が救いがたい浮気性のうえ暴力まで振るったので、三年あまりで離婚した。こちらにはまるで落ち度のない離婚なのに、向こうの父親が地方の名士で、子供は絶対に渡さないと譲らず、失意のどん底に突き落とされた。

二度目の結婚は、二十八歳。青山のアパレルショップで働いているときのことだった。通っていた美容院の従業員と恋仲になり、所帯をもったわけだが、美容院というのは経営者にならないとまるで儲《もう》からないシステムらしく、夫が店を出すために貯金をすべて使われた。

店はなかなか軌道に乗らず、晴香は昼はアパレルショップで、夜はキャバクラで働くという生活を余儀なくされ、それは三十五歳になるまで続いた。眼がまわるほど忙しい毎日だったが、当時は夢があるだけまだマシだったかもしれない。なんとか夫に成功してほしかった。仕事で仲良くなったキャバクラ嬢に夫の店を強力プッシュし、そのせいで嫌われてしまったことがよくあった。

転機が訪れたのは三年前のことだ。芸能人のブログにとりあげられたことがきっかけで、夫の店は人気店の仲間入りをした。嬉しかったが、二号店、三号店まで成功すると、夫の態度は豹変した。晴香は仕事を辞め、専業主婦として暮らせるようになったものの、ふた言目には「誰のおかげでこんな生活ができてると思ってんだ」と言われるようになった。

なるほど、練馬の狭いアパートから青山のマンションに引っ越せたし、買い物は自転車ではなくドイツ車になったし、それまで手が届かないと諦《あきら》めていたブランド品も買えるようになった。

だがそれは、夫ひとりの力で成し遂げられたものなのだろうか。二十八歳から三十五歳まで、ある意味女がいちばん魅力的な時期に疲れた体に鞭《むち》を打ってキャバクラで働き、体調が悪くても売上のために酒を飲み、礼儀を知らない酔っ払いに尻を撫《な》でられながら晴香が稼《かせ》いだお金のおかげで、店は存続できたのではないだろうか。

それを夫に言うとキレられた。

昔はそうではなかった。晴香が臍《へそ》を曲げて夜の仕事を辞めてしまえば、資金繰りがたちまち悪化するからだ。晴香がむくれると、夫は猫撫で声で機嫌をとり、料理をつくってくれたり、マッサージをしてくれたり、それはそれは手厚く扱われたものだった。

それがいまでは、平気で出ていけと言う。反論は許さず、怒鳴り散らす。あまりにも理不尽だったし、おまえなんかもう用済みだという態度が、なによりも哀しかった。

晴香は夜遊びを覚えた。

夫の帰宅も午前二時、三時なので、文句は言われなかった。晴香は哀しかった。本当は文句を言ってほしかったのかもしれない。別々に帰宅して、別々のベッドに眠り、別々の食事をとる生活になっても、真摯《しんし》な話し合いをしようとしない夫には心の底から失望させられた。

夜遊びに拍車がかかった。

とはいえ、ホストクラブに通うほどはじけた性格ではなく、女子会を頻繁《ひんぱん》に開けるほど友達も多くなかったので、もっぱらひとりでバー巡りだった。自宅から離れた浅草によく足を運ぶようになったのは、箱が小さくて、こだわりがあって、居心地のいい店が多かったからだ。青山界隈《かいわい》の店とは違い、気取っていないところが、なによりよかった。

波多野敦士と知りあったのも、浅草のバーだった。

彼の店ではなく、他の店で隣りあわせた。

「僕もこの近所でバーをやってるんですけどね。今日は日曜日で定休日」

晴香の敦士に対する印象は、清潔感のある気さくな若者というものだった。しかし、話しているうちに、やりちんの匂いが漂《ただよ》ってきた。予感は見事に的中した。晴香はやりちんが大嫌いだったが、敦士はちょっと変わったやりちんだった。

「指輪してますけど、結婚してるんですか?」

「ええ、まあ……」

「子供はいる?」

どうしてそんなことを訊《き》きたがるのだろうと思いながら、晴香は生き別れた娘について話さなければならなかった。

「なんだか、悪いこと訊いちゃいましたね。すみません……」

神妙な顔で頭をさげられた。

「いいのよ、もう。昔の話だし」

たしかに昔の話だが、思いだせば胸は痛む。

「でも、その……いちおう訊いておかないとね。俺、子持ちの女としかセックスしないことにしてるから」

晴香は棒を呑んだような顔になった。なんとか気を取り直して、年上の余裕を見せた。

「じゃあ、わたしは誘われる資格があるわけね。嬉しいな」

十も年下のやりちんに、ナメられるわけにはいかなかった。その程度のセクハラトークでキャーキャー言うほど、小娘ではないのだ。

しかし、突っ張ってしまったばかりに、その後、すっかり彼のペースに嵌《は》まってしまうことになる。

「交渉成立ですね?」

「えっ……」

晴香が眼を見開いたのは、カウンターの下で手を握られたからだった。

「俺、超好みなんですよ、晴香さんみたいな美熟女が」

口説《くど》いているのだろうか。だとしたら、子持ちの女としかセックスしないという先ほどの台詞《せりふ》が、口説き文句だったのだろうか。

啞然としている晴香に、敦士は畳みかけてきた。

「俺、人妻を誘うときは、昼間に会うことにしてるんです。間違ってもダンナにバレないようにね。でも、今日は自分のルールを破っちゃおうかな。初対面だし、お互いの素性も知らないから、バレるわけないよね？」

「甘く見ないで」

晴香は敦士を睨《にら》みつけた。それでも、握られた手を振り払うことまではできなかったのだから、やはり彼のペースに嵌まっていたのだろう。

後日、彼の店を訪ねることを約束して別れた。

約束を守ると、敦士は笑顔で迎えてくれた。翌日の昼間にぜひデートしましょうと誘ってきた。

待ち合わせは、東京駅に近い大型書店で、敦士がエスコートしてくれたのは、出張族が使うような質素なホテルだった。デートの甘い雰囲気など皆無なそのコースに、彼の本気を感じた。この男は、本気で子持ちの人妻が好きなのだ。遊びを遊びと割りきって、セックスだけを楽しみたいのだと……。

とはいえ、晴香はその時点に至っても、まだ浮気をする実感がもてないでいた。真っ昼間から、やる気満々の男と待ち合わせしておきながらだ。

言い訳ではなくそういう感じだったのは、おそらく、かなり長い間、セックスから遠ざかっていたからだと思う。夫とセックスレスになって二年以上が経ち、浮気だってしたことがない。

要するに、セックスに対する現実感がもてなかったのである。

そんな晴香を、敦士はとても上手に扱ってくれた。

待ち合わせ場所で落ちあうなり無言で歩きだし、ニコリともせずにホテルにチェックインした。部屋に入るといきなり抱きしめられ、息がとまるような深いキスで翻弄《ほんろう》された。

とにかくセックスを全力で楽しもうよ——言葉はなくても、敦士の気持ちはありありと伝わってきた。いっそすがすがしいほどだった。自分の欲望に嘘をつかず、相手を気遣うこともできる男だった。

気がつけば、晴香はひとり全裸にされ、ベッドでクンニリングスを受けていた。

実のところ、二年以上もセックスをしてないなんて、ほとんど処女みたいなものではないか、という不安もあったのだが、自分でも驚くような大きな声を出してあえいでいた。

気持ちがよかったからだ。

記憶の中にあるよりも、ずっと激しく濃厚で痺《しび》れるような快感が味わえた。

女の体は、べつにセックスをしていなくても熟《う》れるものらしい。

もちろん、敦士がテクニシャンだったという理由もある。

長いクンニを厭《いと》わない男だった。晴香はいままで、あれほど長い間、股ぐらを舐められていた経験がない。そして、女の性感帯を見抜くのがとてもうまい男だった。自分でも気がつかなかったツボをいくつも発見され、そのたびに晴香は総身をのけぞらせてあえぎにあえぎ、クンニだけで三回もイカされてしまったのだった。

やりちんがこの世に存在する意味を教えられた気がした。

敦士は愛だの恋だのと決して口にせず、割りきったセックスだけを求めてきた。そのほうが、晴香にとっても都合がよかった。やり逃げする男なんて死ねばいいと独身時代は思っていたが、人妻になってみれば、むしろセックス以上のことを求められるほうが面倒だった。

敦士が与えてくれた快感は、掛け値なしにいままでいちばんだったけれど、だからといって離婚を考えたりはしなかった。

浮気は浮気である。

夫に不満がなくなったわけではないし、それどころか不満だらけだったが、晴香にとって離婚は、浮気以上にリアリティのないものだった。晴香は一度、離婚を経験していた。思いだすだけで嫌悪感におぞけだつほど、理不尽な出来事がたくさんあった。それゆえ、二度と離婚だけはしないと決めていた。離婚にまつわる厄介事を背負いこむくらいなら、不満だらけの結婚生活を送っていたほうがまだマシだった。

しかし……。

たった三回、敦士と昼間の逢瀬を楽しんだだけで、夫に浮気を嗅ぎつけられた。

浮気をした罪悪感からだろう、夫に対してなんとなくやさしくしてしまったのが悪かったのかもしれない。その一方で、美容院やネイルサロンに行き、新しい服を買い、長らく行っていなかったエステにまで足を運んでしまった。

いま思い返してみれば、浮気を疑われてもしかたがない行動ばかりをとっていたわけだが、夫が気の短い男で助かった。

「おまえ、最近おかしいぞ。男ができたんじゃないのか?」

酒に酔った勢いでそんなふうにからまれ、スマートフォンを見せろと執拗《しつよう》に迫られた。本気で妻の尻尾《しっぽ》をつかもうと思っていたなら、しばらく泳がせて決定的な証拠をつかんでいたはずである。

馬鹿な男だと胸底で笑いながら、スマートフォンを見せてやった。敦士は遊び相手の人妻とラインを交換するような間の抜けた男ではなかった。逢瀬の約束がしたい場合は、彼の店に行くことになっていた。口頭で待ち合わせの場所と時間を決め、決して証拠は残さない。そういうやり方を淋しく感じる女もいるだろうが、既婚者にとってはありがたかったはずだ。少なくとも晴香は、ずいぶんと気持ちが楽だった。

なにひとつ浮気の痕跡など残っていないスマホを隅《すみ》から隅まで眺めても、夫の怒りはおさまらなかった。

初めて殴られた。

晴香は最初の夫にもＤＶ被害を受けており、トラウマがあった。顔面に容赦ない拳打ちを受けるとあまりの恐怖に失禁し、錯乱状態で敦士の名前と店の場所を口走ってしまった。

夫は家を飛びだしていった。

敦士の店に向かったのだろう。申し訳ないと思ったが、彼の連絡先を知らなかった。頭のいい敦士なら、なんとかやり過ごしてくれるはずだと、心の中で言い訳した。正直言って、晴香はそれどころではなかった。

こんな夫とはもうやっていけないと思った。

暴力を振るわれたらもうダメだ。

錯乱状態のままあわてて荷物をまとめ、家を出た。

3

知らない街の目立たないビジネスホテルに三日ほど籠《こ》もり、顔の腫《は》れがひくのを待った。

夫の元に戻るつもりはなかった。

時間が経つに従って彼に対する恐怖は、やりきれない憤怒《ふんぬ》に変わった。

殴ったことは許せない。その一点だけで、二度とひとつ屋根の下で暮らす気にはなれないが、憤怒の原因は他にあった。

あれだけ放置しておいたくせに、浮気の兆候を発見するなり、暴力を振るうほど怒り狂うとは、いったいどういうことなのか。

なるほど、晴香は浮気をしていた。それが事実だとしても、どうしてそういうことになったのか、冷静に原因を究明し、お互い反省すべきは反省する――そんなつもりは小指の先ほどもないらしい。

どこまで自分勝手な男なのだろう。

そんな男を成功させるために、キャバクラ勤めまでしていたと思うと、悔しくて涙が出た。二十八歳から三十五歳までの時間を返してくれ、と哀しみがとまらなかった。

自分で言うのもなんだけれど、そのころの晴香は本当に輝いていたのだ。アパレルショップの店員であれ、夜の蝶《ちょう》であれ、輝かなければやっていけない世界にいたので、若い子たちに負けないようにありとあらゆる努力をした。

だが、専業主婦になって、ウエストも体重も増えていく一方だった。そのかわりに、幸せが手に入ったのなら文句はない。しかし、成功を夢見て尽くしていた男は金の亡者《もうじゃ》となり、晴香を邪魔者扱いした。

夫の元に戻るつもりはなくても、他になんのあてもなかった。実家は弟家族が同居していて、晴香の戻る場所はない。新たな生活を始めるには、夫に財産分与をしてもらうしかないが、それもいまはひどく面倒くさい。

三日間、ホテルの部屋の冷蔵庫にある飲み物だけで過ごしていたので、さすがに空腹が耐えられなくなってきた。

顔の腫れもひいたので、街に出てなにか食べようと思った。そこは都会の繁華街ではなかった。少し歩くと、自転車に乗った主婦が行き交っているような下町の商店街があった。様々な飲食店が軒《のき》を連ねていたが、まるで食指《しょくし》が動かなかった。耐えがたい空腹感なのに、いざ食べようとすると食欲がわかないというのは、あきらかに病気の兆候だった。無理にでも食べなければ倒れてしまうと思い、五十歩歩いたところでいちばん近くにある店に入ろうと決めた。

中華でもイタリアンでも、牛丼でもラーメンでも、百円バーガーでもフレンチのフルコースでも、なんでもよかった。

五十歩歩いて、足をとめた。目の前にあったのは、メニューの短冊《たんざく》が賑々《にぎにぎ》しく店頭を飾っている、大衆居酒屋だった。

まあ、いい。

どうせ飲むならオーセンティックなバーがよかったが、居酒屋ならフードメニューも豊富だろう。和洋中なんでもあるのが、この手の店の売りである。意を決して入っていくと、

「いらっしゃいませっ！」

ねじり鉢巻きの男たちが、威勢のいい声で迎えてくれた。店は満席に近く、唯一空いていたカウンター席に腰をおろした。

「お飲み物は？」

「生」

反射的に答えてしまう。お酒なんて頼んで大丈夫だろうかと思ったが、運ばれてきた生ビールをひと口飲むと五臓六腑《ごぞうろっぷ》に染《し》み渡り、すぐに半分ほど飲んでしまった。いけない、いけない。病みあがりのようなものだし、空腹のままアルコールを飲んでいるとまわりが早い。

冷《ひ》や奴《やっこ》を頼んだ。なんとなく消化によさそうな気がしたからだが、スーパーのパックから出して小鉢に盛り、しなびたネギとチューブのショウガをかけただけ――安かろう悪かろうの見本のような代物だった。

とても手をつける気になれず、ビールばかりを飲んでいた。中ジョッキが空になると、冷酒を頼んだ。お酒はお米からできているし、それなりにカロリーだってあるだろうと自分に言い聞かせつつ、黙々と飲みつづけた。

飲めば酔い、酔うほどに絶望的な気分になっていった。

店内はひどくにぎやかで、あまり居心地がよくなかったが、店を出てもどこにも行くあてがない。こういう状況になってみれば、自分には頼りになる人間が誰ひとりいないことがよくわかる。逆もまた真《しん》なりで、この世に自分を必要としている人間だって、おそらく誰ひとりいないだろう。

「あのう……」

不意に隣から声をかけられ、ビクッとした。ガリガリに痩せた気の弱そうな長髪の男が、卑屈《ひくつ》な笑顔を浮かべていた。それが紀生だった。首がよれてプリントの剝《は》がれたTシャツがみすぼらしかった。

「その冷や奴、食べないんですか?」

「えっ? ああ……」

物欲しげな顔をしていたので、

「よろしかったら、どうぞ」

晴香は冷や奴の小鉢を彼の方にすべらせた。

「ありがとうございます。いや、その、目の前にあると、なんだか無性に食べたくなっちゃって……」

紀生は照れ笑いを浮かべながら冷や奴に醬油《しょうゆ》をかけ、食べはじめた。

晴香は店員を呼んで冷酒を追加した。隣の男のことは、すでに気にしていなかった。とにかく酔ってしまおうと思った。前後不覚になるくらい泥酔し、昨日まで泊まっていたホテルに戻ればいい。それくらいしか、行き先が思いつかない。

「あのう……」

また声をかけてきた。

「冷や奴には、やっぱ日本酒ですよね」

晴香は呆れた顔で店員を呼び、紀生のぶんのお猪口《ちょこ》を持ってきてもらった。

「ありがとうございます、ありがとうございます」

紀生は冷酒の注がれたお猪口を恭《うやうや》しく受けとった。晴香は自分と彼の間にお銚子を置いて言った。

「好きなだけ飲んでいいから、もう話しかけないで」

紀生は雨の日に捨てられた仔犬のような顔をしたが、知ったことではなかった。人と口をきくのが面倒だった。ましてや知らない男とおしゃべりするような気分ではない。

黙々と飲んだ。

やけにお酒が減るペースが速いのは、紀生が晴香以上のピッチで飲んでいるからだった。頭にきた。晴香はお銚子を一気に三本頼み、隣の男と競うようにして飲みはじめた。

結局、ふたりでお銚子を十本以上空《から》にした。それだけ飲めば、さすがに酔う。晴香はふらついた足取りで店を出た。まずいと思った。夜空がぐるぐるとまわっていた。倒れる、と思った瞬間、後ろから抱きとめられた。

「大丈夫ですか？」

紀生だった。たかり屋に抱かれている自分がひどくみじめで、晴香は目頭が熱くなってきた。

「でっかい荷物忘れてますよ。まずいですよ、酔いすぎです」

紀生が追いかけてきたのは、店に忘れてきたキャリーバッグを届けてくれるためだったらしい。

ありがたい話だったが、晴香は素直に礼を言えなかった。紀生がまだ抱きついたままだったからだ。人通りの多い商店街の真ん中で、恥ずかしいではないか。

「触らないでっ！」

涙眼で睨みつけたものの、体に力が入らず、相手を突き飛ばすことも、自分が走って逃げることもできなかった。

「少し休んだほうがいいです。うち、すぐ近くですから……」

キャバ嬢時代によく言われた台詞だった。当時は絶対、そんな誘いに乗らなかった。相手を傷つけないように言い逃れ、夜風のようにしなやかにタクシーの後部座席にすべりこんだものだ。

いまはできなかった。酔いすぎていたからではない。タクシーに乗りこんでも、告げるべき行き先がない。もっと言えば、男の欲望から守るべきものも、失うものすらなにもない。

どうせ薄汚いラブホテルにでも連れこまれるのだろうと思った。それならそれでかまわなかったが、本当に自宅らしきところに連れていかれたので驚いた。襖《ふすま》に穴が開き、畳がはげている、どんなラブホテルより薄汚いボロアパートだった。よくこんなところに女を連れこめるものだと、驚きを通り越して感心してしまいそうだった。

「どうぞ、横になってください」

うながされたのは万年床で、洗濯済みのシーツに替えてくれたのが、心づくしだった。あお向けで横たわると、天井がぐるぐるまわっていた。

こんな状態でセックスなんてできるのだろうかと思った。

紀生が額《ひたい》に濡らしたタオルを置いてくれた。

冷たくて気持ちよかった。

眠ってしまいそうだった。

セックスはいつ始まるのかと思いながら、晴香は寝息をたてていた。

4

翌朝の目覚めは最悪だった。

まず確認したのは、自分が服を着ているかどうかだ。

大丈夫だった。

下着はもちろん、ワンピースも着たままだった。

紀生は部屋の隅で、体を丸めて寝ていた。犬小屋を失った犬みたいだった。そう思うと、少しだけ気分が楽になった。

お酒はそれほど残っていないようで、体は少し重怠《おもだる》かったが、動けそうだった。紀生が寝ているうちに退散するという選択肢もあった。お金に困っているようだったから、一万円も置いていけば、文句はないだろう。

しかし……。

それもなんだか薄情な気がした。せめてひと言礼を言ってから帰るのが、人としてのマナーではないだろうか。

紀生は酔った晴香に手を出さなかった。あまりに酔っていたので手を出せなかっただけかもしれないが、事実として悪いことはされていない。それどころか、唯一の寝床を譲ってくれ、冷たくて気持ちのいい濡れタオルを額に載せてくれた。

どうしよう……。

とりあえず用を足すためトイレに入ると、鏡に映った自分の顔を見て卒倒しそうになった。化粧が落ちてひどいことになっていた。こんな顔で外には出られない。化粧を直すなら、その前にシャワーを浴びたい。

ボロアパートでもいちおうユニットバスになっていた。これはもう、紀生が眼を覚ますまでにシャワーを浴びろという天の思《おぼ》し召《め》しだと考えることにした。いったん部屋に戻り、キャリーバッグから歯ブラシや洗面用具を出し、ユニットバスに籠もった。歯を磨き、熱いシャワーを頭から浴びると、生き返ったような心境になった。

だが、全身をピカピカに磨きあげてから、青ざめた。替えの下着をキャリーバッグから出すのを忘れていた。バスタオルもない。濡れた体に穿き古しの下着を着けることくらい、不快なことはない。

バスルームの扉をほんの少しだけ開け、部屋の様子をうかがった。紀生はまだ眠っているようだった。裸で下着を取りに行くべきか、行かざるべきか……問題は、迷っているうちに眼を覚まされたら、その時点で終了ということである。

迷っている暇はないと自分を鼓舞《こぶ》し、抜き足差し足でユニットバスを出た。紀生は寝息をたてていた。大丈夫、大丈夫、と胸底で呪文のように唱えながら、慎重に足を運んだ。そっとしゃがみ、音をたてないように注意してキャリーバッグのファスナーを開けた。下着をいちばん奥に入れたことを思いだし、眩暈《めまい》が起きる。もう面倒くさい。キャリーバッグごとバスルームに持っていこうと立ちあがったときだった。

「なにしてるんです？」

後ろから声がしたのでビクッと身をすくめ、恐るおそる振り返った。

紀生が眼を覚ましていた。

「みっ、見ないでっ……」

晴香の声は恥ずかしいほどか細く震えていた。

「武士の情けよ、眼をつぶって……」

紀生は眼をつぶらなかった。それどころか、

「俺、武士じゃないし」

楽しげに笑いながら上体を起こし、まじまじと見つめてきた。晴香は彼に背中を向

けていた。膝《ひざ》から太腿《ふともも》、ヒップ、腰、背中と、熱い視線が這《は》いあがってくるのがはっきりとわかった。

晴香は動けなかった。「きゃっ」と叫んでしゃがみこむべきだったが、金縛《かなしば》りに遭ったように動くことができない。

紀生が立ちあがった。

ゆっくりと近づいてきた。

晴香はなんとか振り返っていた顔を元に戻したが、紀生は追いかけるように肩越しに顔をのぞきこんできた。

「こんなに綺麗《きれい》な体、見ないわけにはいきませんよ」

カアッと顔が熱くなる。

「綺麗じゃないし……」

「綺麗ですよ」

「わたしもう、三十八よ。おばさんよ」

昔はもっと綺麗だった。正直、スタイルには自信があった。世の中には、経産婦の熟女としかセックスをしない変わり者もいるけれど、二番目の夫と結ばれたとき、自己申告するまで子供がいることを見抜かれなかった。もちろん、何度もセックスしていたにもかかわらずである。

だが、時間というのは残酷なものだ。Fカップなのにツンと上を向いていた乳房も、きゅっと上にもちあがっていたヒップも、重力に負けてきた。三十五を過ぎたあたりから、体全体が丸くなってきた。肩や背中や二の腕に肉がついたのだ。知りあいは全員、そんなことはないと言ってくれるが、毎日鏡を見ている自分の眼は誤魔化せなかった。

もう年なのだ。

心揺さぶる恋も、激しく求めあった愛も、遠い日の花火でしかない。だから、夫から用済み扱いされて、こんなにも落ちこんでいる。若いころなら、新しい相手を探せばいいと開き直ることだってできたはずだ。しかし、いまの自分に残されているのは、せいぜい敦士のような変わり者のやりちんと火遊びをすることくらいなのである。

「晴香さんはおばさんなんかじゃないですよ」

紀生がすくめた肩をつかんできた。反射的に振り払おうとすると、彼の両手は二の腕の下をすり抜けた。ふたつの胸のふくらみを、後ろからすくいあげられてしまった。

「あああっ……」

自分の口からもれた声の色に、晴香は泣きたくなった。男に媚《こ》びた女の声だった。三十八歳でも、おばさんでも、こんなにも男を求めている。その事実がやりきれない。こんなことなら、綺麗な体をしていたキャバクラ嬢時代に枕営業でもなんでもして、人生を謳歌《おうか》しておけばよかった。やりまん、サセ子、肉便器と罵《ののし》られても、お腹いっぱいセックスをしておけば……。

「すごいおっぱいだ……」

紀生が耳元で熱っぽくささやく。節くれ立った長い指が、胸のふくらみを揉《も》みしだく。

「巨乳のうえに軟乳ですね。揉めば揉むほど、手のひらに吸いついてくる。晴香さんはおばさんなんかじゃないです。女盛りはこれからだ……」

あんたも熟女好きの変わり者？　と訊ねたかったがやめておいた。いやいやと身をよじりながら、自分でも信じられないことを口走っていた。

「んんんっ……だっ、抱きたいなら、せめてあなたもシャワーを浴びて」

「ごめんなさい、我慢できません」

「あああっ！」

首筋に舌を這わされ、晴香は声をあげた。そこはウィークポイントだった。ねろり、ねろり、と舐められるほどに、ぞくぞくという喜悦《きえつ》の震えが、体の芯を走り抜けていく。

「ああっ、いやっ！ いやあああっ……」

紀生はうなじを舐めまわしながら、左右の乳首をつまんできた。爪を使ったくすぐるような愛撫《あいぶ》が、とてもうまい。晴香は快感に身をよじる。両膝がガクガクと震えている。

万年床に押し倒された。紀生は素早くTシャツとデニムパンツを脱ぎ、ブリーフ一枚でまたがってきた。ゆうべとは別人のような、雄々《おお》しい表情をしていた。たかり屋をしていたときの、卑屈な笑顔はもうなかった。

ひどく険《けわ》しい表情で晴香の顔を見つめては、双乳にぐいぐいと指を食いこませる。乳首を口に含む。舐めたり吸ったり甘嚙《が》みしたり、愛撫の波状攻撃を仕掛けてくる。片方の乳首を舐め転がしつつ、もう片方を爪を使っていじりまわす。やけにいやらしい動きをする指だった。唾液でヌルヌルしている乳首を、硬い爪ではじかれると、気持ちのよさに気が遠くなりそうになった。

「ああぁっ……くぅううっ……くぅうううーっ！」

まだ上半身しか愛撫されていないのに、晴香の顔は燃えるように熱くなっていた。抱きたいなら、せめてあなたもシャワーを浴びて——先ほどはそう言ったけれど、本当はセックスの前にシャワーを浴びるような、無粋《ぶすい》な男は好きではなかった。

晴香は男の匂いが好きなのだ。

自分の体が汗くさいのは恥ずかしいので、理想を言えば、自分はシャワーを浴びて、男には浴びないでほしい。偶然にも、それが叶った格好だった。紀生の痩せた体からは、男の匂いがむんむんした。

我慢できなくなった。

もっと匂いを嗅ぎたかった。いちばん濃厚な匂いを放っている部分を口に含みたいという、耐えがたい衝動が体を突き動かした。

「わっ、わたしにもさせて……」

晴香は強引に体を起こした。

「えっ、なに？」

驚いている紀生は、膝立ちになっていた。その腰にむしゃぶりつき、ブリーフをめくりおろした。勃起しきった男根が唸《うな》りをあげて反《そ》り返った。体の芯を疼《うず》かせる、ホルモン臭を振りまいている。

「ぅんあっ……」

晴香はためらうことなく口に含み、むさぼるようにしゃぶりあげた。紀生のものは、大きくて太かった。体が痩せているから、よけいにそう見えた。

そしてそれ以上に、男の匂いが強烈だった。晴香はうっとりと眼を細めてしゃぶりあげ、ねちっこく舐めまわした。敏感な裏筋は舌先でチロチロと、さらに敏感なカリのくびれは、なめらかな舌の裏をすべらせる。

「むううっ……むむっ……」

上目遣いで見上げると、紀生は真っ赤な顔をして首に何本も筋を浮かべていた。男が感じていれば、女も興奮する。鈴口に唇《くちびる》を押しあて、先走り液をチュッと吸った。口内で大量の唾液を分泌させ、その唾液ごとそそり勃った肉棒を、じゅるるっ、じゅるるっ、と音をたててしゃぶりまわす。

「おおおっ……」

紀生の体が震えだしたので、あお向けにうながした。晴香は興奮しきっていた。先ほどの紀生も別人のように険しい顔をしていたが、彼の眼に映っているいまの晴香も、昨日とは別人に違いない。

「あああああーっ！　おっ、大きいっ……届いてるっ……いちばん奥まで届いてるううううーっ！」

またがって騎乗位で結合すると、晴香の性感は紅蓮《ぐれん》の炎のように燃えあがった。獣になろうと思った。交尾のために生まれ、交尾を終えたら死んでゆく、そういうものになりたかった。

5

それから一週間が過ぎた。

ボロアパートの一室に閉じこもり、セックスばかりしていた。

俺はバンドマンなんだ、と紀生は言っていた。けれども、それで生計を立てているわけではないようだった。部屋の隅に立てかけられたギターに触れることもなく、来る日も来る日も晴香の体を求めてきた。部屋にいるときはずっと裸で、出前の食事がやってきたときだけ、面倒くさそうにTシャツを着て、デニムパンツに脚を通す。

晴香もずっと裸だった。いつも素肌が汗ばんで、火照《ほて》っていた。こんなにもセックスばかりしたのは、生まれて初めてだった。

「よく飽きないよなあ」

「本当に」

眼を見合わせて笑いあいながらも、乳首をいじりあっていた。笑いがおさまれば、唇を重ねた。射精を終えたばかりのペニスを、やさしくいじった。白濁液を舌で拭うように、フェラチオをした。嫌悪感はまったくなかった。

一日中、シャワーも浴びずにセックスしていれば、男の匂いもどんどん濃厚になっていく。嗅ぎまわしては、舐めしゃぶった。そのうち、「俺にもさせて」と紀生が両脚の間に舌を這わせてきた。

シックスナインをしていれば、自然と昂《たか》ぶってくる。後戯だと思っていたものが、いつの間にか前戯になっていく。

紀生は愛撫が上手かった。いまは貧乏暮らしに身をやつしていても、バンドマンとしてステージに立っていたころは、敦士にも負けないやりちんだったのかもしれない。あるいは、上手な愛撫で女に気に入られ、金を引っ張ることが本業だったのか

……。

刺激の仕方が細かく、しつこい。いつまでも、晴香の花を舐めている。花びらや粘膜やクリトリスはもちろん、アヌスにまで執拗に舌を這わせ、平然と舌先を入れてくる。

「ああっ、いやっ……」

晴香は最初、アヌスを舐められることに抵抗があった。性器ではないから恥ずかしいし、舐められてもくすぐったいばかりだった。それでも、一週間も続けられれば、感じるようになってしまう。アヌス単独ではいまだにくすぐったいが、同時にクリトリスをいじられたり、蜜壺に指を入れられたりすると、涙が出るほど感じてしまう。

いつまでもこうしていたかった。

お互いの性器を舐めあいながら、次の結合に向けてエネルギーを溜めこんでいるこの時間が、晴香はいちばん好きだった。男くさい肉棒を頬張りながら、次のセックスに思いを馳《は》せる。気怠い雰囲気がじわじわと淫《みだ》ら色に染まり、やがてお互いに燃えはじめる。クンニリングスに熱がこもり、イキそうになっても必死に我慢する。イクのはひとつになってからがいい。そのほうが紀生だって燃えてくれる。何度でもイカせてやろうと、奮《ふる》い立ってくれる。

だが……。

いつまでもこうしていられないのは、わかりきっていた。

もうお金がなかった。

紀生には生活力がない。３Ｂの中でも、もっとも付き合ってはいけないダメ男の巣《そう》窟《くつ》がバンドマンだという。バーテンダーと美容師は職業だが、バンドマンは……。

終わりは確実に近づいてきている。

この部屋にいる間は、先のことについて考えないようにすると決めていたが、お金がなくなればそういうわけにもいかない。

「ねえ、晴香さん……」

紀生がシックスナインの体勢を崩し、顔を近づけてきた。

「大家にはああ言われましたけど、思いっきり声を出してくださいよ。我慢するのは体によくないですから」

晴香の顔はひきつった。大家にクレームをつけられたことを、実はけっこう気にしていた。なるべく手放しでは悲鳴をあげないようにしていたのだが、紀生に気づかれていたらしい。

「こうすれば平気ですから」

紀生がステレオのボタンを押した。ひどく年代物の代物で、スピーカーが驚くほど大きい。次の瞬間、地鳴りのようなビートが流れだした。スピーカーの上に載せてあるフルーツバスケットが震えるほどだった。曲名もアーティスト名もわからなかったが、英語の歌だった。8ビートのロックンロールで、ギターの音が甲高《かんだか》い。それに負けず、ヴォーカルも甲高い声でシャウトする。

「だっ、大丈夫?」

晴香の声は、あっさりと大音量に掻《か》き消された。まだ昼間とはいえ、これはさすがにうるさすぎるのではないだろうか。

しかし、紀生は「グウ!」とばかりに親指を立てた。晴香の体をあお向けに横たえ、正常位で結合する準備を整える。

「んんんっ!」

M字に割りひろげられた両脚の中心が、熱く燃えた。もう何度目かもわからないほど迎え入れているのに、結合の衝撃は痛烈になっていくばかりだった。濡れた花びらを巻きこんで、ずぶりっ、と亀頭が埋めこまれる。カリのくびれが入口を通過するとき、最初の衝撃がくる。それをなんとかこらえると、眼も眩《くら》むほど硬くなった肉棒がずぶずぶと入ってくる。

最奥を突きあげられると、

「はっ、はぁあうううううううーっ!」

晴香はのけぞって悲鳴をあげた。ひどく大きな声を出してしまった気がした。間違いなく、いままでの倍以上の声量だったはずだが、部屋に鳴り響く8ビートのせいで、大声を出した実感がなかった。

紀生が腰を使いはじめる。

上体を起こしたまま晴香の両膝をつかみ、M字開脚を見下ろしながら抜き差しを開始するのが、紀生のいつものやり方だった。結合部と晴香の顔を交互に眺めながら、まずはゆっくりと入れたり出したりする。

当然、晴香は恥ずかしい。しかし、年上としては、あまり恥ずかしがるわけにもいかず、眉根《まゆね》を寄せて見つめ返すしかない。せめて抱きしめてほしいと思うが、両手を伸ばしても抱擁に応えてもらえない。

紀生は悠然としたピッチで腰を使いながら、両手を膝から太腿にすべらせてくる。ウエストのくびれも、繰り返し撫でる。まるで、女の形を確かめるようなその愛撫が、晴香を昂ぶらせていく。ずんっ、ずんっ、ずんっ、と突きあげられては、体中を撫でまわされる。乳房はとくに念入りに、指を食いこませてくる。晴香にとっては崩れてしまったボディラインでも、紀生にとっては愛《め》でる対象なのだ。気恥ずかしいが、嬉しかった。嬉しいけれど、所在がなかった。

「あううーっ！」

左右の乳首をつまみあげられ、晴香は身をよじった。紀生が愛撫のギアをあげたのだ。ひとしきり乳首をいじりまわされ、あえぎ顔を存分にむさぼり眺められた。ふたつの胸のふくらみの先端が燃えるように熱くなってくると、今度は片手が結合部に向かう。ずんっ、ずんっ、ずんっ、と突きあげながら、クリトリスを親指ではじいてくる。まるで楽器でも演奏するように……。

「はぁあうううーっ！　はぁうううーっ！　はぁおおおおおおおーっ！」

晴香は獣じみた悲鳴をあげ、ちぎれんばかりに首を振った。髪をざんばらに振り乱し、手放しによがり泣いた。

それでもまだ、大声をあげている実感がなかった。巨大スピーカーから放たれる演奏はヒートアップしていくばかりで、晴香の声など寄せつけない。自分の声が聞こえない。

そうなると、もっと声を出したくなる。

理性などかなぐり捨て、獣になってしまいたくなる。

刺激は充分だった。硬い男根が絶え間なく蜜壺から出し入れされ、クリトリスと乳首を同時にいじられている。体の内側に、電流のような快感が走りまわっている。五体がきつくこわばり、小刻みな痙攣《けいれん》を開始する。晴香はのたうちまわりながら、喉《のど》が涸《か》れる勢いでよがり泣く。

「はぁおおおおーっ！　いいっ！　いいわあああーっ！」

背中を弓なりに反り返し、汗まみれの双乳をタプタプと揺れはずませると、体がふわっと浮きあがった。一瞬、重力から解き放たれたような感覚に陥《おちい》った。

紀生が上体を被せ、抱きしめてきたからだった。

反射的に、晴香も紀生にしがみついた。鼻先で男の汗の匂いが揺らいだと思った次の瞬間、怒濤《どとう》の連打が送りこまれた。晴香は激しく身をよじった。ほとんど暴れていた。それでも紀生はがっちりと女体を抱きしめ、決して手放さない。痩せていても力は強く、抱擁は熱い。ストロークのピッチをあげ、奥の奥まで突きあげてくる。

「はぁあおおおおーっ！　はぁおおおおおーっ」

叫びすぎて、喉が痛かった。大音量のおかげで、耳も痛い。ぎゅっと眼をつぶれば、性感だけが生々しく五体を揺さぶり、衝動が近づいてくる。いままで経験したことがないような大きな波に、さらわれそうな予感がする。

我慢しようとした。

まだ終わりたくなかった。

背中に爪を立てて紀生の背中を掻き毟《むし》り、血が出るくらい自分の唇も噛んだ。無理だった。

「……イッ、イクッ！」

ビクンッ、ビクンッ、と腰を跳《は》ねあげて、晴香はオルガスムスに達した。予感は間違っていなかった。波ではなく、煮えたぎるマグマの噴射に五体を吹き飛ばされた。ぶるぶるっ、ぶるぶるっ、と体中の肉という肉が怖いくらいに痙攣し、快楽の嵐に揉みくちゃにされた。

紀生はピストン運動をやめなかった。いつもなら、いったん腰の動きをとめてくれるのに、ますますピッチをあげて突きあげてきた。

もっと声を聞かせてほしい——晴香はそう受けとった。

「はぁあああああーっ！　はぁああああああーっ！　はぁああああああーっ！」

激しく身をよじりながら、あらん限りの声をあげた。恍惚《こうこつ》はなかなか去っていかなかった。それどころか、次を目指しているようだった。さらに高い頂に向かって、のけぞった体を吹き飛ばされた。

「イッ、イクっ……またイクッ……続けてイッちゃうっ……イクイクイクイクッ……はぁあああああーっ！」

ガクガクと腰を震わせながら、晴香は泣き叫んだ。自分の声は、相変わらず聞こえなかった。紀生には聞こえているだろうか。このいやらしく、獣じみた悲鳴が——答えはわからなかった。晴香は泣き叫びながら二度目のオルガスムスを嚙みしめ、やがてすうっと意識を失っていった。

6

また朝がきた。

空腹は限界を超えていた。

昨日は丸一日なにも食べなかった。水道水だけを飲みながら、三度も四度もセックスをした。間にとる睡眠時間が長くなっているのは、エネルギーがなくなっているからに違いなかった。

それでも腰を振りあうことをやめないのだから、どうかしている。紀生の性欲の旺盛さが謎だった。二十歳そこそこならともかく、三十代も半《なか》ばなので、穴さえあれば突っこみたいというわけでもないだろう。

晴香にはいちおう、事情があった。

暴力を振るう夫の元には帰りたくなかったし、そのことについて考えたくもなかった。頭を空っぽにするためにセックスは最良の方法のひとつのようで、腰を振りあっていればなにもかも忘れることができた。

紀生にもなにか事情があるのだろうか？

現実を忘れ、肉の悦《よろこ》びに溺《おぼ》れていたいなにかが……。

あるような気がしたが、晴香にはもう、考える気力がなかった。ぼんやりしていると、頭に浮かんでくるのは食べ物のことばかりだった。この部屋に来てから、出前で食べたものを思い浮かべた。

中華料理屋からは、チャーハン、餃子《ぎょうざ》、天津飯《てんしんはん》。蕎麦《そば》屋からは、もり蕎麦、カツ丼、カレーうどん。洋食屋のオムライス、煮込みハンバーグ……そういう食べ物の、一つひとつが愛おしかった。思い浮かべると、涎《よだれ》ではなく涙が出てきそうになる。

どうしてだろう？

空腹は限界を超えているのに、明確な食欲がない。本当に食べたいなら、食べる方法はあるはずだった。スイスメイドの腕時計を売り払えば、腹を満たすのに充分な現金が手に入るだろう。クレジットカードは持っているから、レストランで好きなものを注文したっていい。

だが、面倒くさくて体が動いてくれなかった。

もしかすると自分は、このまま死にたいと思っているのではないか——そう思うと、ゾッとした。だがすぐに、その気づきがひどく甘美なものに感じられ、よけいに動く気力がなくなった。このまま死ねるのなら、それはそれでかまわない。死ぬ前に、お腹いっぱいセックスができてよかった。もうこれ以上はできないような気がするけど、満足だった。

鼻先で匂いが揺らいだ。

男の匂いではなかった。

果物が腐っている匂いだ。

「ねえ……」

隣で寝ている紀生に声をかけた。

「ずっと不思議だったんだけど、どうしてあんなものがここにあるの?」

スピーカーの上に置かれたフルーツバスケットを指差して訊ねる。

「んっ? ああ……」

紀生が寝ぼけまなこをこすりながら答えた。

「貰《もら》ったんだ」

「誰に?」

紀生は答えず、曖昧《あいまい》に笑っている。なにか深い事情があるのかもしれなかった。なんとなく、お供《そな》え物のような雰囲気があった。晴香は深い事情を知りたいと思ったわけではなかった。

「食べてもいい？」

「えっ……」

紀生はひどく意外そうな顔をした。

「でもあれ……もう二週間も前からここにあるんだけど……」

「腐ったら、捨てるだけでしょ？　だったら食べてもいいじゃない？」

晴香は自分でも不思議だった。なぜいままで、食べようと思わなかったのだろうか。果物が大好物というわけではないが、特別に苦手なわけでもない。やはり、お供え物のような雰囲気のせいだろうか。あるいは、果物の朽《く》ち果てていく匂いに、知らず知らずのうちに魅了されていたからか。

「まあ、食べたかったら、好きにどうぞ」

紀生はひどく投げやりに言い、眼を閉じた。珍しく、ふて腐れた態度だった。やはり、そのフルーツバスケットにはなにかいわくがありそうだった。

それでも、晴香は食べてみることにした。この部屋に来てからずっと食事代を払い、家賃一カ月分まで提供したのだから、食べる権利はあると思った。

パイナップル、ピーチ、マンゴー。

桃は完全に茶色く変色し、食べるのが難しそうだった。触ると気持ちの悪い感触がして、皮を剝《む》く気にもなれなかった。

続いて、パイナップルを台所に持っていった。葉の部分と下の部分を包丁で切り落とし、半分に割ると芯が黒くなっていた。酸味の強い、嫌な匂いがした。これは無理だ、と直感で判断した。

残るはマンゴーだった。いちばん甘い匂いを放っていた。マンゴーの食べ方にはコツがある。まずは平べったい種に平行して包丁を入れ、魚を三枚におろすように切る。種をはずしたら、皮を剝かないで縦横に包丁を入れ、皮をひっくり返すと果肉がダイス状になるのである。果肉がいまにも崩れてしまいそうな完熟状態だったが、いける気がした。

指についた果汁を舐めた。

思わず眼を見開いてしまったくらい甘かった。

「ねえねえ、これ、おいしそうよ」

ふたつあったマンゴーに包丁を入れ、万年床に寝ている紀生のところに持っていった。紀生が無視したので、晴香は手づかみで食べはじめた。

おいしかった。マンゴーは太陽の味がするという。腐っても太陽は太陽なのかもしれない。甘味はもちろん、果実の中にぎゅっとつめこまれたエネルギーが、荒淫で精根尽き果てた体に注ぎこまれていくようだった。

「本当に食べてるの？」

紀生が呆れたように笑う。

「食べないなら、わたしが全部食べる」

「それはよくない」

紀生は上体を起こし、マンゴーをつかんだ。

「もし腐ってたら、晴香さんだけがお腹壊すじゃない？　どうせなら一緒にお腹壊そう」

「大丈夫だって、毒味したから」

晴香はまるで子供のように、口のまわりを果汁まみれにさせて皮の裏側にむしゃぶりついている。最後に残った果肉まで歯で削《そ》ぎ落として食べているうちに、部屋の中にマンゴーの匂いが充満していった。

「……うまいな」

紀生が遠い眼をして言った。

「……うん、おいしい」

お互い、黙々と食べた。紀生の表情を見ていると、やはりなにかいわくがありそうだったが、晴香は訊ねなかった。

食べおわったら、紀生の口のまわりの果汁を舐めてあげようと思った。そうしたら、紀生は舐め返してくれるだろうか。最後にもう一度、セックスすることができるだろうか。

第六話

鰻《うなぎ》

1

部屋に入った瞬間、町村圭一郎《まちむらけいいちろう》は後悔した。

ワインレッドに統一された内装に、ひどく暗い間接照明が灯《とも》ったその空間は、性欲で脂ぎった男女の匂いがこもっていそうだった。薄闇に巣くう淫靡《いんび》さに気圧《けお》された。まだ外が明るい時間なので、よけいにだった。

この部屋で、いままでいったい何組のカップルが、淫《みだ》らな汗をかいたのだろうか。築四十年か五十年か、とにかくうんざりするほど古くさい。鏡が張り巡らされた天井も、そこからぶらさがったシャンデリアも、あるいは壁にかけられたよくわからない抽象絵画に至るまで、とても二十一世紀のセンスではなく、昭和の遺物としか言い様がない。

やはり、シティホテルにしておけばよかった。

圭一郎はそう主張したのだ。

「これが最後なんだ、贅沢《ぜいたく》なホテルに泊まってもいいだろう」

「そういうの好きじゃない」

吉川《よしかわ》智恵美はきっぱりと首を横に振った。
「なんだか湿っぽくなりそうでしょ？　普通にしましょうよ。いままで通り、眼につ
いたラブホに入ればいいです」
そんなやりとりを経て、彼女の意見に従う形で入ったラブホテルの部屋が、この有
様だった。ご丁寧に、大人のオモチャの自動販売機まで置いてあり、割れたネオン管
のようにチカチカと原色の光を放っている。
「こういうの、ここで買って使う人っているんですかね？」
眼を丸くして自動販売機をのぞきこんでいる智恵美は、好奇心旺盛な女だった。性
格は明るくてややエキセントリック。そういうところに惹《ひ》かれたのだが、今日ばかり
は彼女の無邪気さが胸に刺さって痛かった。
「わたし、使ったことないから買ってみようかなあ……」
「よせよ」
圭一郎は苦りきった顔で首を振った。この期に及んで、大人のオモチャなど使って
どうしようというのか。胸底で溜息をつきながら、バスルームの場所を探した。
「先に風呂に入ってもいいかい？」
「どうぞ」

「湯船に浸《つ》かってのんびりしても？」

「どうぞ、どうぞ。わたしもあとから行きますよ。一緒に入りましょう……」

気まぐれな智恵美の言葉を、圭一郎は真に受けなかった。

バスルームをのぞくと、浴槽がタイル張りだった。いまどき、こんな風呂場があるのだろうかと啞然とした。三十年ほど前、友人たちと酔った勢いでソープランドに行ったとき、たしかこんな風呂だった。ロクな思い出ではなかった。ひどくみじめな気分で、蛇口をひねってお湯を出した。

これで最後か……。

服を着たままタイル張りの浴槽に腰をおろし、深い溜息をつく。部屋に戻らなかったのは、気持ちを整理するためだった。

彼女を抱くのは、これで最後……。

いくら胸底で繰り返したところで、他の結論に辿《たど》り着きはしない。そんなことはわかっていたが、悲嘆に暮れることをやめることもできない。

圭一郎は今年五十歳になった。

智恵美は二十八歳。

お互いに既婚者だった。

W不倫の関係である。

似たような境遇の男女がそうであるように、地獄を見た。

いや、自分たちはまだ、地獄の一歩手前だろうか。

とにかく、このままでは生まれてきたことを後悔するような事態になりかねないので、関係を清算することにした。

智恵美にも異論はないようだった。

別れ話を驚くほどさばさばと受けとめられ、逆に落ちこんでしまった。

いっそ、一緒に死のうとでも言ってほしかった。

もちろん、言われたところで死ぬわけにはいかない。智恵美を死なせることだって、できるわけがない。

しかし、ならば自分たちの関係はいったいなんだったのだろう?

愛してるとささやきあったあの時間は、夢まぼろしだったのか?

熱いものがこみあげてくる。

タイル張りの浴槽には、まだ三分の一ほどしか湯が溜まっていなかったが、圭一郎は服を脱いだ。

湯船に浸かれば、泣いてもいいような気がした。

滂沱《ぼうだ》の涙を流すことを自分に許せそうだった。

2

圭一郎の生業《なりわい》は物書きだった。

小説家である。

とはいえ、新刊はもう、十年以上出ていない。塾講師をしながら書きあげた作品でミステリ系の新人賞を受賞したのが、ちょうど三十歳のときだった。デビュー作こそ多少売れたものの、それ以降は鳴かず飛ばずで、ミステリ、架空戦記、童話、ドラマのノベライズ、時代小説と、ジャンルを変えるたびにペンネームも変えながら、なんとか十年間生き延びたものの、四十歳になるころには食うや食わずの状態に陥ってしまった。

圭一郎には妻子がいた。ひとり娘が、当時まだ小学生だった。

堅気の仕事に戻らなければならなかったが、物書きに未練があった。食うや食わずでも、短編小説やエッセイの依頼がゼロになったわけではなかった。長編を書きあげたら読ませてほしいと言ってくれる編集者もいた。

そんなとき、カルチャーセンターの講師の話が舞いこんできた。それならば、物書きを続けながらでもできそうだった。小説家としてはたいしたキャリアがなかったが、塾講師をしていたので教えることは苦にならなかった。

「スポーツ界では、名選手はかならずしも名コーチにあらず、なーんて言いますけど、小説の世界でも同じことが言えるかもしれません。天才はなにも考えずに傑作を書けます。でも、私のような凡人は、書き方について一生懸命考えなくちゃならない。きっとみなさんの参考になると思います」

気後れしつつも指導を続けていると、教え子が文学賞の最終選考に残ったりして、意外なほど評判を呼んだ。

それから十年……。

圭一郎はカルチャースクールの講師と雑文書きに追われるまま、働き盛りの四十代を終えてしまった。長編小説はただの一作もものにできず、眼をかけてくれていた編集者も次第に離れていった。

このままではいけないと思っていても、五十歳という年齢が重くのしかかってきた。四十歳なら、まだぎりぎり堅気の世界でやり直せたかもしれない。しかし五十路《いそじ》を過ぎれば、もう別の生き方はできそうもない。

智恵美と出会ったのは、そんなときだった。

三カ月ほど前のことだ。

小説教室の生徒として、智恵美は圭一郎の前に現われた。

小柄で童顔のせいか、二十八歳という年齢よりずっと若く見えた。美人というより可愛《かわい》いタイプで、服装も女子大生のように華やかだった。左手の薬指に指輪をしていたが、既婚者には見えなかった。黒髪のボブカットがよく似合っていた。眼力《めぢから》が異常に強い女だった。教壇から見渡しても、彼女ひとりだけ眼の輝きが全然違った。気《き》位《ぐらい》が高そうだな、というのが最初の印象で、それはいまも変わらない。

ちょうど新しい生徒が増えた時期だったため、歓迎会を開くことになった。といっても、スクール側から補助があるわけでもない。圭一郎にも大盤振る舞いする余裕などないから、ファミリーレストランに毛が生えたようなチープな居酒屋で割り勘である。

参加者は十二、三人ほどだっただろうか。真剣に小説家デビューを考えている人間が多かったので、堅苦しい話をしながらの酒になった。智恵美は話の輪に入ってこなかった。それほど小説には詳しくないけれど、なんとなく暇つぶしで通うことにしたのかもしれないと思った。そういうタイプは一定数存在するが、もちろん長続きはしない。

ただ、やはり眼力が強い女だったので、遠巻きからでも視線を感じていた。他の生徒と文学談議を交わしつつも、常に見られている意識があった。

そのせいなのかどうか、いつもは一次会で切りあげるのに、二次会にも付き合った。年配の生徒が顔が利《き》く店があるというので、スナックに入った。ウイスキーと焼酎が飲み放題でひとり千五百円と、ずいぶん勉強してもらったのだが、他の客が歌うカラオケの音がうるさくて、あまり盛りあがらなかった。

そのスナックは雑居ビルの五階にあった。店を出ると、エレベーターの前で智恵美とふたりでとり残された。狭いエレベーターだったから、重量制限にひっかかってしまったのだ。

「やっていけそうかい？」

なんの気なしに声をかけると、

「小説ですか？　すぐに自分で書くのは……無理かも」

智恵美は悪戯《いたずら》っぽく舌を出した。

「でも、教室には毎回ちゃんと来ようと思ってます。だってわたし、先生の小説のファンですから」

彼女の口から、デビュー作を含め、五、六作のタイトルが即座に出てきたので、圭一郎は仰天した。カルチャーセンターの生徒たちに、そこまで熱心な自分の読者はいなかった。一冊も読んでいないほうが普通であり、メインで使っているペンネームを知られているだけでもありがたかったほどなのである。

「意外に……と言ったら失礼だが、かなりの読書家なのかな？　月に三十冊も読むような……」

「まさか。先生のはたまたま波長が合ったんです。直接お目にかかって、その理由がわかりましたけど……」

エレベーターの扉が開いた。圭一郎と智恵美が乗りこむと、後ろから他の団体がドヤドヤと続いた。自分たちのときと同じように、重量制限にひっかかってブザーが鳴る。みんな酔っているので、誰が降りるかで譲りあいになる。

何度も繰り返しブザーが鳴り、ともすれば苛々《いらいら》しそうなシチュエーションであったにもかかわらず、圭一郎は顔をひきつらせたまま微動だにできなかった。

智恵美が手を握ってきたからだった。

横眼で様子を見ると、智恵美は澄ました顔で正面を向いていた。なぜこれほど平然としていられるのか、意味がわからなかった。彼女は圭一郎の手を握っていた。体温が伝わってくるくらい、しっかりと……。

一階に着くと、さすがに智恵美は手を離した。圭一郎は彼女の顔を見られなかった。心臓がすさまじい勢いで早鐘《はやがね》を打っていた。雑居ビルの前の路上で、生徒たちが輪になって待っていた。

「すいませんでした。にぎやかすぎる店で」

いまのスナックを紹介してくれた者が、苦笑まじりに頭をさげた。

「口直しにもう一軒だけ行きませんか？　みんな飲み足りないみたいなんで」

「あっ、いや……」

圭一郎は視線を泳がせた。

「私はちょっと飲みすぎたんで、今日はこのへんで帰るよ。みんなで楽しくやってください。これ、少ないけどカンパ……」

財布を開け、五千円札を一枚渡す。生徒たちからは引き留める声があがっていたが、早々にその場をあとにした。歩きだすと、一度も振り返らなかった。しかし、いつもよりゆっくりした足取りだった。意識してそうしていた。鼓動を激しく乱しながらゆっくり歩くのは難しかったが、そうせずにはいられなかった。

「先生！」

最初の角を曲がったところで、智恵美に肩を叩かれた。そうなることを期待していたのに、実際にそれが現実になると、激しく動揺してしまった。男女関係において、こうもやすやすと期待が現実になったことなどなかった。若いころから、圭一郎は女運に恵まれたことは一度もない。

「帰るなんて嘘でしょ。わたしを待っててくれたんですよね？」

また手を握られた。今度は眼を見てだった。

「いや、ちょっと……まずいよ……」

圭一郎はあわてて路地の方に智恵美をうながした。人通りは少なくなったが、まだ近くに生徒たちがいるかもしれなかった。もう一度路地を曲がると、今度こそまわりに誰もいなくなったが、飲食店の裏口に面した、ポリバケツが並んでいるようなところだった。

「いったいどういうつもりなんだ……」

繋いだ手を見ながら言った。言いつつも振り払うことができないのだから、年甲斐《としがい》のない動揺が彼女にも伝わったことだろう。

「先生の小説って、いつもお尻の綺麗《きれい》な人が出てくるじゃないですか？」

「えっ？」

「顔やスタイルには自信がないけど、自分のお尻だけは大好きな女の子」

「ああ……」

たしかに、そういうキャラクターを書いたことはある。べつに意味はない。バストが大きい女ではありきたりなので、尻が可愛い女にしたまでのことだ。

「わたしもそうなんですよ」

「えっ？」

「お尻にだけは自信があるの」

そう言うなり、智恵美は繋いでいた手を離して、背中を向けた。尻を突きだしながら、ミニスカートをまくりあげた。

すべては一瞬の出来事だった。圭一郎は呆然と眼を見開き、木偶《でく》の坊《ぼう》のように立ち尽くしていることしかできなかった。

「どうです？　可愛い？」

智恵美は言いながら尻を振った。黒いパンティストッキングを穿いていた。太腿《ふともも》から上の色が薄くなっているタイプで、そこにバックレースのついたピンク色のショーツが透《す》けていた。

その光景を、圭一郎は一生忘れないだろう。

智恵美の振る舞いは、ポリバケツの並んだ路地裏の景色を、一瞬にして一幅《いっぷく》の絵画にしてしまった。彼女にだけ、虹色のライトがあたっているように見えた。彼女のヒップは、なるほど可愛らしい桃尻だったけれど、そんなことより、路上でスカートをまくりあげる衝撃的なパフォーマンスに、圭一郎の胸はざわめいた。そのざわめきは、三カ月が経ったいまもおさまっていない。

3

智恵美には貞操《ていそう》観念というものが欠落していた。

証拠はないが、そんな感じだった。

結婚しているにもかかわらず、浮気に対する罪悪感がまるでない——少なくとも、圭一郎に対してはそうだった。

最初の夜こそ、なんとか理性を働かせて帰路についたが、智恵美のような女が相手では、一線を越えるまで時間はかからなかった。

圭一郎にとって、初めての浮気だった。自分が浮気のできる人間だとは思っていなかったが、智恵美と浮気をしているという認識は薄かった。浮気ではなく本物の恋

――そう思っていたからである。

年甲斐もなく馬鹿なことを……。

自己嫌悪に陥りながらも、いままで経験したことがないほどの胸のざわめきに、圭一郎は抗《あらが》えなかった。智恵美というひとりの女の存在が、月並みな日常の景色を色とりどりの世界に変えた。ふたりでいると、まるで映画のワンシーンにでもまぎれこんだような、特別な時間を過ごすことができた。

一方、ひとりでいるときは、熱病にでもかかったようにぼうっとしていた。ぼうっとしているのに、メールの着信音にだけはひどく敏感で、返信を待っているときはそわそわと落ち着かなかった。

もちろん、そういう態度は家では見せないように努めていたつもりだが、自分が思っている以上に、感情が表に出ていたらしい。

「あなた浮気してるでしょう？」

妻にそう言われたときの、手脚が震えだした感覚を忘れることができない。急激に体温がさがっていく感じで、生きた心地がしなかった。あわてて否定したが、妻は追及の手を緩《ゆる》めなかった。

「嘘つかないで。絶対に誰かいる。三カ月くらい前から……」

妻はフリーのイラストレーターで、自分の世界をもっている人だった。お互いにあまり干渉しないことで、うまくやっているところがあった。激しい口論になったのは、二十年近い結婚生活でほとんど初めてだった。

しんどかった。

悪いのは自分だとわかっていても、顔を合わせればからんでくる妻に憎悪がわいた。いっそ離婚してやろうかと思ったことも、一度や二度ではない。

できなかったのは、高校二年になるひとり娘がいたからだ。

放任主義で育てたせいか、ちょっと変わったところがあった。いわゆるバンドギャル——近ごろではバンギャと略すらしい——で追っかけをやっているから、髪型や服装によく驚かされた。週末になるたび、ハロウィンの日の渋谷に出かけるような過激な格好をしていた。

見た目がそんな調子でも中身はナイーブな子なので、両親が毎日のように口論をしていることに怯《おび》えていたようだ。鬱々《うつうつ》としているところに、追っかけをしているバンドのヴォーカルが交通事故で亡くなってしまった。

世間的には無名のバンドだが、娘はそのヴォーカルの女性に憧れていて、関東近郊のライブには欠かさず足を運んでいたという。

いつもフルーツバスケットを差し入れにもっていくという話を、圭一郎も本人から聞いたことがあった。亡くなったヴォーカルの女性が沖縄出身で、南国の果物をこよなく愛しているのだと教えてくれた。おかげで娘は籐《とう》の籠《かご》を編《あ》むことが趣味になり、手先が不器用にもかかわらず、頑張ってつくっていた。

さぞや大きな喪失感を抱えたことだろう。

なんとか励ましてやりたくても、なにをなすべきかわからず、妻との関係も悪化の一途を辿《たど》る中、娘は心の平衡を失って引きこもりになった。学校にもアルバイトにもライブハウスにも行かなくなり、一日中自分の部屋から出てこなくなってしまった。

これはダメだ、と圭一郎は決意した。

いまは外の女にうつつを抜かしている場合ではない。家族が一致団結しなければ、娘の心は死んでしまうかもしれなかった。いや、世の中にはファンの後追い自殺というものもある。実際に死んでしまう可能性だってゼロではないわけで、放っておくことはできなかった。いま娘を支えてやれなければ、父親の役目を果たせない……。

ちょうどそんなとき、智恵美からカラオケボックスに呼びだされた。

いつもは予約した個室系の居酒屋で落ちあい、食事をしてからラブホテルに移動するので、そんなところで会うのは初めてだった。

やってきた智恵美がひどく神妙な顔をしていたので、カラオケがしたいわけではなく、人目につかないところで話がしたかったのだとすぐにわかった。予感は的中し、夫に浮気を勘づかれたかもしれないと切りだしてきた。

「うちにね、探偵事務所の名前が入った茶封筒があったの。中身は空っぽだったけど、これ見よがしに食卓の上に置いてあったわけ。絶対わざとよ。陰険なんだから、うちの夫」

智恵美の夫について、初めていろいろと聞かされた。

いちばん驚かされたのが、まだ結婚して一年という事実だった。自分のことを棚にあげ、新婚にもかかわらず妻に浮気をされた夫に同情してしまった。

年は四つ上で、仕事は大手証券会社に勤めているエリートサラリーマン。とにかく忙しいので、深夜に帰ってきて早朝に家を出るから、まったく顔を合わせない日も珍しくないという。かまってあげられない後ろめたさからか、智恵美が昼間、なにをしていようと文句は言わないらしい。

だが、さすがに浮気となると夫婦関係の根幹を揺るがす大問題である。黙っているわけにはいかない。確たる証拠をつかむために、探偵を雇《やと》うことだってあるだろう。

「ここらが潮時《しおどき》ってことなんだろうな……」

圭一郎は遠い眼でつぶやいた。

智恵美が先に探偵の話をしてくれたので、こちらも事情を話しやすくなった。智恵美は顔色を変えずに聞いていた。不思議な女だった。セックスのときはあれほど情熱的なのに、別れ話では眉《まゆ》ひとつ動かさない。

さすがに哀しかった。

智恵美にとっては単なる火遊び、圭一郎は彼女の体の上を通り過ぎたあまたの男のひとりなのかもしれないけれど、圭一郎にとっては、間違いなく一世一代の恋だった。

そうでなければ、妻を裏切って浮気などしない。自分の人生にはもう、恋もセックスも関係ないと思っていたところで、その素晴らしさを教えてくれたのが智恵美だったのだ。

いい年をして、ではなく、いい年をしているからこそ夢中になってしまったのではないか、と最近よく考えている。いくつになっても、恋とセックスは、やはり人生の花なのだ。その真実に眼をつぶって生きるのは、彩りのない人生を送るのと同じことだ。

彼女に出会えてよかった。

たった三カ月でも、付き合えて幸せだった。

「じゃあ、わたし、先に帰るね。時間差で出ましょう」

智恵美がソファから立ちあがったので、圭一郎は驚いた。

「帰るって……まだ早いじゃないか」

これからラブホテルに向かい、最後の情事を行なう気になっていた。別れの儀式だ。嫌いになって別れるわけではない。思い出に残るような熱いひとときを過ごしてからでなくては、とても踏ん切りがつきそうにない。

「でも、探偵が見張ってるかもしれないし……」

「気をつければ大丈夫だろ」

「ううん、やめておいたほうがいい」

「まさか……」

圭一郎も立ちあがった。

「まさか、これで終わりなんてことはないよな……」

「そんな顔しないでくださいよ……」

智恵美は困惑も露《あら》わに苦笑した。

「終わりにしたほうがいいんでしょ？　うちの夫だけならともかく、先生の奥さんにも気づかれてるんだから」

「いや、終わりにする。終わりにはするんだが、このままじゃ……これが最後じゃ気持ちの整理がつきそうにない。いつもみたいにホテルに付き合ってくれ。なっ、頼むよ……」

圭一郎の声は震えていた。眼には涙を浮かべていた。そんな自分をみっともないと思うこともできないくらい、取り乱していた。

「とにかく今日はダメ」

智恵美には取りつく島がなかった。

「会うなら別の日にしましょう。小説教室のない日がいいです。それも、夜じゃなくて昼間のほうが……」

「わかった」

圭一郎はうなずき、待ちあわせの日時と場所を相談して決めた。

智恵美がカラオケボックスの個室から出ていくと、全身から力が抜けて、尻餅《しりもち》をつくようにソファに腰をおろした。

首の皮一枚繋がった気分だった。別れの重さより、最後の逢瀬《おうせ》を受け入れてもらえた安堵《あんど》のほうが、遥かに大きかった。

おそらく……。

そのときはまだ、別れを実感できていなかったのだろう。

4

探偵か……。

タイル張りの浴槽に浸かった圭一郎は、涙に濡れた顔を湯で洗った。

嘘なのではないか、と思った。

智恵美の夫が探偵を雇ったなどというのは彼女のつくり話であり、体《てい》のいい別れの口実なのではないだろうか。要するに、ただ飽きただけではないのか。憧れの小説家も直接会ってみれば、みすぼらしい五十男。智恵美ほどの容姿と積極性をもってすれば、他にいくらでもフレッシュな浮気相手を見つけることができるに違いない。

そんなふうに割りきって考えられるなら、どれだけ幸せだったろう。向こうも遊びで、こちらも遊び。二十も年下の女を抱けただけでもラッキーではないか——そう思えない瞬間があるから、呻吟《しんぎん》してしまうのだ。彼女こそ運命の女に違いないと、確信できる瞬間があるから……。

「なっ、なんだっ……」

突然バスルームの灯《あか》りが消えたので、圭一郎は焦《あせ》った。

「お邪魔しまーす」

智恵美が入ってきた。先ほど、あとから来るようなことを言っていたが、圭一郎は信じていなかった。

彼女は明るいところで裸を見られることを極端に嫌がる女だった。セックスのときは、間接照明もすべて消す。だから、一緒に風呂に入ることなど金輪際《こんりんざい》ないと思っていたのだが、なるほどこういう手があったのか……。

照明が消された中、シャワーの音が聞こえてくる。窓は黒いフィルムで潰されていたが、外はまだ明るいからもれてくる光がある。真っ白い裸身が、薄闇の中にぼんやり浮かんでいる。

やや少女っぽい体型をしているけれど、美しい体だった。胸は小さめでも、彼女自慢の桃尻がひどくそそる。これが最後の逢瀬なら、その可愛らしいフォルムを眼に焼きつけておきたい。

だが、明るいところで裸を見せてくれと頼んでも、断られるだけだろう。いままで何度も頼んだことがあるが、彼女は決して首を縦《たて》に振ってくれなかった。

「狭そうだけど、一緒に入れるかしら？」

「大丈夫だろう」

実際、浴槽は狭かった。圭一郎は身を縮みこませてなんとかスペースをつくった。智恵美が背中を向けて入ってくる。圭一郎の両脚の間に桃尻をすっぽり入れる格好で、肩まで浸かる。浴槽から湯があふれ、薄闇に白い湯気がたつ。

「……いいお湯」

智恵美がもたれてきたので、圭一郎は彼女のお腹に手をまわし、後ろから抱きしめた。小柄な智恵美は、腕の中に収まりがよかった。

「こういうのも、悪くないな」

「最後だから、思い出づくり」

智恵美が笑う。

「でも、明るいと恥ずかしいから」

「そこがいいんだよ」

裸身を眼に焼きつけたいと思いつつも、羞《は》じらい深い彼女にこそ圭一郎は惹かれた。ベッドでもそうだった。いつだって、セックスを始めるときは過剰に恥ずかしがっている。いつか路地裏でスカートをまくった彼女とはまるで別人で、大げさに言えば、穢《けが》れを知らない乙女のような感じすらする。

とても初々《ういうい》しい。

だが、三十路《みそじ》も近い人妻であれば性感は発達している。やがて、羞じらうことができなくなるほど快楽に翻弄され、恍惚《こうこつ》を求めはじめる。

自分はセックスがあまり上手《うま》くない——智恵美と知りあうまで、圭一郎はそう思っていた。

経験人数そのものが少ないし、妻を含め、深い仲になった女のすべてを、結合状態で絶頂に導いたことがなく、それが密かなコンプレックスだった。

なのに……。

智恵美は最初のベッドインから絶頂に達した。それがオルガスムスなのか言葉で確認する必要がないくらい、激しく全身を痙攣《けいれん》させて……。

圭一郎にとって、童貞喪失を上まわるほどの衝撃的な体験だった。いままでしてきたセックスが、すべて偽物《にせもの》に思えた。

体の相性がいいからだ、と智恵美は言った。こんなに毎回イッてしまうのは初めてだとも。

嘘か本当かはわからない。しかし、たとえ彼女が誰が相手でも絶頂に達することができる女だったとしても、その体験は色褪《あ》せることなく、もう一度抱きたいという渇望感だけを募らせた。

「ねえ……」

智恵美が首をひねって振り返った。

「キスして……」

半開きにした唇《くちびる》を差しだしてきた。薄闇の中でも、せつなげに細めていても、彼女の眼は力強く輝き、圭一郎を魅了した。

唇を重ねた。

お互い、すぐに舌を差しだし、からめあった。

愛おしさがこみあげてくる。

自分はこの女を、こんなにも深く愛している——自分の心の有り様が、圭一郎を激しく動揺させる。

なぜこんなにも愛しているのか？

身も蓋《ふた》もなく言えば、智恵美の魅力は若さとセックスだった。それ以外は、愛せる自信がまったくなかった。

たとえば自分がいまの彼女と同世代で、結婚を意識しているとすれば、智恵美は恋人候補にならないだろう。彼女には謎《なぞ》が多すぎる。決して尻尾《しっぽ》をつかませない。そこが魅力的だとも言えるが、本音がどこにあるのかわからない女と、所帯をもちたいと考える男は稀《まれ》だろう。

気が合うとか、価値観が一致しているとか、将来にわたって裏切らないであろうとか、そういう条件で相手を選び、選んだのちにセックスをするのが、ごく一般的な男女交際に違いない。そして、よほど極端に体の相性が悪くない限り、セックスについて深く考えることはなく、家族になっていく。

だがしかし、男と女をもっとも深く結びつけるものは、セックスを措《お》いて他にないのである。結局のところ、セックスだけが浮ついた恋心を芽生《めば》えさせ、狂おしい愛を産み落とす。

できることなら……。

智恵美をさらってどこかに逃げてしまいたいと思う。

もちろん、そんなことなどできやしない。

できないけれど、欲望までは否定できない。

娘のことが大事だし、妻に対して申し訳ない気持ちもある。

だが同時に、智恵美との愛を永遠のものにしたい。会えなくなるのがつらく苦しい。二度とこの体に触れることができなくなると思うと、感情が制御できない。正気を失い、叫び声をあげてしまいそうになる。

「うんんっ……うんんっ……」

舌をしゃぶりあいながら、智恵美が鼻奥で悶《もだ》えた。いつの間にか、圭一郎の両手は、彼女の乳房をまさぐっていた。

智恵美の体は感じやすいが、なかでも乳首はとびきりで、指でいじりはじめると、バシャバシャと湯を揺らして身をよじった。ディープキスをしている顔が、みるみる生々しいピンク色に染まっていった。

「……待って」

キスを振りほどいてささやく。

「ベッドに行きましょう」

「いや……」

圭一郎は首を横に振った。

「これで最後じゃないか……もう少しこのままで……いいだろう？　暗いから裸が見えないし……」

これで最後と認めたくなかった。しかしそれはわがままを通す魔法の言葉であり、智恵美は渋々とうなずいた。

「ああんっ！」

左右の乳首をつまんでやると、狭い浴室に喜悦《きえつ》に歪《ゆが》んだ悲鳴が反響した。圭一郎は、智恵美のあえぎ声が好きだった。普段の彼女は、低く落ち着いた声で話す。感じてくると、一オクターブ以上高くなる。

この声ももう聞くことができなくなるのかと思うと、目頭が熱くなってきた。もちろん、泣くわけにはいかない。智恵美は湿っぽいのが嫌いらしい。涙を流すくらいなら、とことん淫らになったほうがいい。

「立ってくれ」

うながすと、智恵美はハアハアと息をはずませながら立ちあがった。彼女は圭一郎に背中を向けていた。立てば必然的に、尻が顔の前にくる。

彼女自慢の桃尻だった。

湯に濡れ、熱く火照《ほて》った双丘を、圭一郎は両手でつかんだ。小さめだけれど、丸みがすごい。十代と言っても通じそうなくらい瑞々《みずみず》しく、張りがある。

「んんんっ……こんなところで？」

桃割れをひろげると、眉根を寄せて振り返った。

「大丈夫だよ、暗いから……」

実際は、いつもベッドでするときより明るかった。眼も慣れてきている。尻の双丘が仄《ほの》かなピンク色に染まっているのがわかる程度には見えている。

「もっとお尻を突きだして……」

言いながら、ぐいぐいと桃割れをひろげていく。セピア色のすぼまりが露わになり、その下にアーモンドピンクの花びらが見える。行儀よくぴったりと口を閉じているが、牝《めす》の匂いが仄かに漂《ただよ》ってくる。

「ホントにするの？　お風呂でしちゃうの？」

焦った声が可愛かった。桃尻自慢の智恵美なので、バッククンニはいつもしていた。正面からされるより、恥ずかしくないらしい。

圭一郎には、よくわからない感覚だった。バックからだと、尻の穴まで丸見えなのだ。かえって恥ずかしいのではないかと思うが、それを口にしたことはない。黙ってアヌスに舌を這《は》わせる。

「んんんーっ！」

くすぐったいという素振りで、智恵美は身をよじる。だが、くすぐったいだけではなく、感じている。バッククンニが好きなのは、アヌスを舐められることが好きだからなのだ。余計なことを口にして、恥ずかしいからもうしないでと言われるわけにはいかなかった。

細かい皺《しわ》の一本一本を伸ばすように、舌先でなぞりたてた。チロチロとくすぐっては、ざらついた舌腹を大胆に這わせた。

正直に言って、圭一郎にはいままで、女のアヌスを舐めた経験がなかった。智恵美のものなら、自然と舐められた。そういうところにも、体の相性のよさというものは現われるのではないかと思った。

クンニをしていて、匂いが気になる女もいたが、智恵美の場合はそれがまったくない。いくらでも、舐めていられる。アヌスは前菜で、メインディッシュは女の花だ。舌を伸ばして合わせ目を舐めあげれば、牝の匂いが濃くなっていく。この匂いに違和感があるかないかで、男女の相性ははかれる気がする。血液型占いや星座占いより、ずっと的確に……。

「あううううーっ！」

花びらを口に含むと、甲高い悲鳴があがった。圭一郎は燃えた。ひとしきり花びらをしゃぶりまわすと、蜜のしたたる女の割れ目に、指を突っこんだ。びっしりと肉ひだのつまった蜜壺を攪拌《かくはん》し、Gスポットを探りだす。そこをぐいぐいと押しながら、左手でクリトリスをいじり、アヌスまで舐めてやると、智恵美はひいひいと喉《のど》を絞ってよがり泣くばかりになる。

5

「怒ってるの？」

ベッドで顔をのぞきこむと、智恵美は背中を向けて顔を隠した。胎児のように丸めた体は湯上がりに火照って、後ろから抱きしめると熱かった。

激しいクンニリングスのあと、智恵美がむくれるのはいつものことだった。自分ひとりだけよがり泣くのが恥ずかしいのだ。一度、調子に乗ってイカせてしまったときは、三十分くらい口をきいてくれなかった。

今回イカせはしなかったが、ずいぶん長い間責めていたので、智恵美はほとんど我を忘れていた。最終的には、立ちバックの体勢で片脚を浴槽の縁《ふち》にのせる、ひどく淫らな格好で激しく腰をくねらせていた。

「ごめんな……」

圭一郎は智恵美の乱れた髪を撫《な》で、首筋にやさしくキスをする。智恵美は胎児の格好のまま、ますます体を丸めて愛撫《あいぶ》に反応しない。胸を触ろうとしても、手を払われる。

だが、怒っているのではなく、恥ずかしがっているのだ。

決してセックスがしたくないわけではない。

圭一郎は、智恵美の機嫌をとっているこの時間が、嫌いではなかった。もつれた糸をときほぐすように、触れられるところから触れていく。肩から二の腕、あるいは背中からお尻、慈しむように撫であげては、時にキスをし、舌を這わせていく。

「なあ、仲直りのキスをしよう」

十回くらいささやいて、ようやくおずおずと顔を向けてくれる。乗り気じゃないことをアピールするように、唇を真一文字に引き結んでいるのが可愛い。

唇を重ねる。

智恵美はすぐには口を開こうとしないから、圭一郎は唇を重ねるだけの軽いキスを何度もする。愛してる、と心の中で言う。そんな背中の痒《かゆ》くなることなどしたことがなかったが、本気でやれば気持ちは伝わるものらしい。

唇の合わせ目を舌先でなぞってやると、智恵美はそっと口を開いてくれた。圭一郎は遠慮がちに舌を差しこみ、小さくてつるつるした智恵美の舌をからめとる。丁寧にしゃぶりあげて、唾液を嚥下《えんか》する。

「ぅんんっ……んんんっ……」

智恵美の眼の下が、次第に生々しいピンク色に染まってくる。乳房を隠している腕をどけようとすると、もつれた糸がほつれるように力が抜けた。

圭一郎は、手のひらにすっぽり収まる可愛い乳房をやわやわと揉みしだき、乳首に指を這わせていく。

「ぅんんーっ！」

智恵美の敏感な性感帯はいやらしいほど硬く尖《とが》って、いつも以上に感じるようになっていた。圭一郎はじっくりといじった。撫で転がしてはつまみ、つまんでは爪でくすぐる。

「ぅんんんっ……んんんんっ……」

智恵美はなんとか声をこらえようと、みずからキスを深めてきた。圭一郎の舌を吸いたて、しゃぶってきた。そんなことをしたところで、感じていることまで抑えきれない。乳首をいじるリズムに合わせて身をよじり、脚をからめてくる。左右の太腿で圭一郎の太腿を挟み、ぎゅうっと絞りあげてくる。

女の部分が、熱く疼いていた。淫らなほど湿った熱気を放って、女体の発情を伝えてきた。

濡らしているようだった。バスルームの立ちバッククンニで一度イキかけているので、それも当然だった。

「待って」

圭一郎が股間に手指を這わせていこうとすると、智恵美がその手を押さえて見つめてきた。

「今度は……わたしの番……」

身を翻《ひるがえ》して馬乗りになると、濡れた瞳で見下ろしてきた。すっかりスイッチが入ってしまったようだった。

正直に言えば、普段の彼女からさほどエロスを感じない。小柄で童顔で黒髪のボブカットだから、お転婆《てんば》な少女のように見えることさえある。

だが、裸で抱きあっているときは別人だった。欲情が羞じらいを凌駕《りょうが》して、牝の本性を露わにした。人よりずっと羞じらい深いぶんだけ、それをうっちゃったときのいやらしさはすごかった。

「んんっ……んんんっ……」

圭一郎の首筋や胸に、情熱的なキスの雨を降らせてくる。チロチロと舌先を動かして、男の乳首を舐めてくる。そのときの、どことなく険《けわ》しい表情が、圭一郎はたまらなく好きだった。薄闇に眼を凝《こ》らして、見つめてしまう。じりっ、じりっ、と智恵美が後退《あとずさ》っていくのが淋しい。

だが、後退った先にあるのは、勃起しきった男根だった。智恵美は圭一郎の両脚の間で四つん這いになり、そそり勃った肉棒にそっと手を添え、小さな唇を割りひろげる。

「むううっ……」

小さくてつるつるした舌の感触が亀頭に訪れ、圭一郎は唸《うな》った。智恵美にフェラチオは似合わない。可愛い舌を穢してしまうようで申し訳ないから、無理にしなくてもかまわないと言ったことさえある。

だが智恵美は、果敢に男根を舐めてくる。表面の凹凸を舌腹で味わうように舐めまわし、小さな口を必死にひろげて咥《くわ》えこむ。

「ぅんんっ……ぅんんっ……」

鼻息をはずませて唇をスライドさせはじめると、圭一郎は金縛りに遭ったように動けなくなった。すでに三カ月も付き合っているのに、智恵美に男根を咥えられることに慣れない。現実感がわかず、夢心地の気分になる。

実際、夢なのかもしれなかった。

妻子のある五十男が、二十八歳の人妻と恋に落ちる――この世にあってはいけないことなのだ。

それでも、男根に訪れる快感は生々しく、圭一郎の顔は燃えるように熱くなり、脂汗が滲《にじ》みだしてくる。息をとめているので、苦しくてしようがない。

いや、苦しいのは智恵美が欲しいからだ。口唇ではなく、彼女そのものと繋がりたくてしようがないから、体が小刻みに震えだしているのだ。

「……もういい」

智恵美の肩に触れた。

「もう欲しい……智恵美が欲しい……」

智恵美はうなずくと、圭一郎の腰にまたがってきた。上体を被せ気味にして、圭一郎の顔の両脇に手をつく。圭一郎の上で、四つん這いになっている格好である。

それがふたりの、いつものやり方だった。

圭一郎は両膝を立て、男根の角度を調整する。智恵美が男根に手を添えなくても、挿入することができる。それがふたりの体の相性のよさのなによりの証拠のような気がして、圭一郎はかならず最初はこのやり方で結合することにしていた。両腿で智恵美の尻を支えているから、両腿の立て方を調整することで、自然とひとつになれるのである。

「んんんっ……」

まずはほんの少しだけ、智恵美に腰を落とさせた。熱くぬかるんだ花園に、亀頭の先端が差しこまれる。いきなり根元まで咥えこませるような、もったいないことはできない。膝のバネを使って智恵美の尻を揺すれば、浅瀬をチャプチャプと穿《うが》つことができる。亀頭に感じる、ねっとりした花園のぬめりがたまらない。

「んんんっ……んんんっ……」

智恵美が細めた眼で見つめてくる。チャプチャプ、チャプチャプ、と穿つほどに、黒い瞳が淫らがましく潤《うる》んでいく。見つめあいながら、じわじわと結合を深める。まだ根元までではなく、半分ほどだ。

「あああっ……」

掠《かす》れた声をもらした智恵美は、あきらかに奥まで欲しがっていた。尻を振ってそれをねだるが、その尻を圭一郎の太腿が支えている。ある一定の位置より深くは挿入できない。

半分ほど埋めこんだ状態で、圭一郎はピストン運動を開始した。智恵美の腰が浮いているので、それほど難しいことではなかった。

「あああっ……はぁあああっ……はぁああああっ……」

下から送りこまれるリズムが、智恵美を発情に駆りたてる。眼をつぶり、眉根を寄せ、半開きの唇をわななかせる。童顔とはいえ、その表情には匂いたつ色香が滲み、圭一郎を奮い立たせる。

とはいえ、焦ってはならない。これが最後の逢瀬なら、じっくり味わわなくては後悔が残る。全身全霊で、乱れる彼女を記憶に刻みこまなくては……。

圭一郎は浅い結合をキープしたまま、智恵美のヒップに両手を伸ばしていった。尻の双丘をやさしく撫で、手のひらで丸みを味わった。

桃尻自慢の彼女の体を充分に味わうには、この体位が最適だった。バックスタイルも悪くないが、四つん這いにまたがらせたほうが、顔も見られるし、乳首もいじれる。さらにこうやって尻を撫でまわすのは最高の愉悦《ゆえつ》で、手のひらでフォルムを記憶できる。尻から太腿、太腿から尻と手のひらを這わせては、丸々と実った尻肉に、ぎゅうっと指を食いこませていく。

「あああっ……」

弾力に富んだ尻肉を揉みくちゃにしてやると、智恵美の顔が赤く染まった。結合感が微妙に変わるのだ。尻の双丘を寄せたり、ひろげたりしつつ揉んでいるので、中でこすれる感覚が複雑に変化する。

できることなら、いまの自分たちを、反対側から見たかった。四つん這いになった智恵美が、おのが男根を半分ほど咥えこんだ姿は、想像するだけで身震いが起きるほど興奮する。

智恵美はひどく濡らしていた。まだ浅瀬を穿っている状態なのに、奥から新鮮な蜜が大量にあふれてきて、男根の根元に垂れてくる。もっと突いてと、女体が悲鳴をあげている。可愛い顔をしていても、アラサーの人妻だ。性感は充分に発達している。恍惚を求めてあえいでいる。

圭一郎も我慢できなくなった。

両脚をゆっくりと伸ばしていくと、智恵美の腰が落ちてきた。男根が、ずぶずぶと奥に入っていくのがわかった。

「あああっ……はぁあああっ……」

ずっぽりと咥えこませてやると、智恵美は裸身をこわばらせ、小刻みに震わせた。結合の歓喜を嚙《か》みしめているのが、はっきりとわかった。

圭一郎は下から律動を送りこまなかった。両手をヒップから乳房に移動させ、下からすくいあげた。やわやわと揉みしだきながら、物欲しげに尖った乳首を舐めてやる。チロチロと舌先で転がしては、したたかに吸いたてる。

「ああっ、いやっ……いやあああっ……」

智恵美は顔を真っ赤にして、みずから腰を振りたてはじめる。彼女の乳首は、結合状態のとき、もっとも敏感になるのだった。わけがわからなくなるほど気持ちがいいと、いつかピロートークで言っていた。

実際、そうなのだろう。

「ああっ、いやっ……ああっ、いやあああああっ……」

言葉とは裏腹に、乳首を舐めれば舐めるほど、腰使いに熱がこもっていく。くちゃんっ、くちゃんっ、と粘りつくような肉ずれ音がたっても、羞じらうことすらできない。ただ一心に、腰を振りたてる。肉の悦《よろこ》びをむさぼり抜き、快楽の虜《とりこ》になっていく。

圭一郎は、智恵美の上体を起こした。彼女の全体重を、男根一本で受けとめた。

「あああああーっ！」

結合感がぐっと深まり、智恵美の顔がくしゃくしゃに歪む。恥ずかしそうな顔をしていても、腰使いは大胆になっていく。クイッ、クイッ、と股間をしゃくるように腰を振る。

圭一郎は左右の乳首をいじりつづけている。たっぷりと唾液をつけておいたので、ねちっこく刺激することができる。

「ダッ、ダメッ……ダメえええええっ……」

智恵美がいまにも泣きだしそうな顔で見つめてくる。小刻みに首を振っては、閉じることのできなくなった唇をわなわなと震わせる。

「イッ、イキそうっ……もうイキそうっ……」

いつもなら、このまま一度イカせてやるのだが、圭一郎は上体を起こして対面座位へと移行した。智恵美がすかさず首に両手をまわし、唇を重ねてくる。舌と舌とをからめあえば、彼女の口から圭一郎の口に、大量の唾液が流れこんできた。唾液の量が、智恵美の発情のバロメーターだった。いつもよりずいぶん多く、いままでいちばんかもしれなかった。

圭一郎は智恵美の背中を撫でた。贅肉《ぜいにく》のまったくない、綺麗な背中だった。手のひらをすべり落としていけば、また両手に尻の双丘が収まる。手のひらで丸みを吸いとるように撫でまわす。

だが、智恵美が動きだそうとしたので、あわてて彼女の体をあお向けに倒した。対面座位は本命ではなかった。智恵美がイキやすい体位は、騎乗位と正常位だ。そしてイキ方の激しさは、断然後者なのである。

智恵美の両手が首にまわっていたので、彼女をあお向けに倒せば、圭一郎の上体も自然と覆い被さった。ハアハアと息をはずませながら見つめあい、唇を重ねた。智恵美が片手を首から離し、圭一郎の手をたぐり寄せる。指を交錯させた恋人繋ぎにして、濡れた瞳を向けてくる。

この甘い雰囲気が、たまらなかった。

勃起しきった男根は、彼女の中に深々と埋まっている。だが、動いていないから、智恵美はあえがず息だけをはずませている。甘えるように見つめ、口づけを求めてくる。指を交錯させて手を握り、決して離さないでと無言のうちに伝えてくるのだ。

愛しさがこみあげてくる。

結合しながらそんな気分に浸《ひた》れる女は、彼女を措いて他にはいない。ともすれば動きだすのが怖くなるくらい、愛の存在がまぶしかった。愛しあっているという、確かな実感があった。

普段の彼女は決して尻尾をつかませないし、別れ話をクールに受けとめた態度には失望させられた。だがいまは、間違いなく愛しあっている。これが夢まぼろしであるならば、この世のすべては夢まぼろしに違いない。

見つめあいながら、ゆっくりと男根を抜いていく。カリのくびれを割れ目の裏側まで到達させてから、もう一度ゆっくりと入り直していく。

「んんんっ……」

智恵美の甘い表情が、にわかにこわばる。ゆっくりした出し入れを繰り返すほどに、眉根を寄せた表情がどんどんせつなげになっていく。

圭一郎の額《ひたい》には汗が浮かんでいる。男の本能が荒ぶっているのがわかる。油断すると欲望がつんのめっていきそうになる。五十路にして、これほど奮い立っているのが少し怖い。だが、奮い立たずにはいられない。智恵美が見つめてくる。もっとちょうだいという、心の声が聞こえてきそうだ。

「あああっ……」

ストロークのピッチをあげると、智恵美は繋いだ手をぎゅっと握ってきた。圭一郎は、空いている右手を彼女の肩にまわした。しっかりとホールドして、本格的に腰を使いはじめる。ずちゅっ、ぐちゅっ、と卑猥《ひわい》な音を響かせて、ピストン運動を送りこむ。

「ああっ、いいっ……」

智恵美が身をよじる。その眼は淫らに潤みすぎて、いまにも涙がこぼれそうだ。

「いいっ……すごくいいっ……ぅんんっ！」

圭一郎は唇を重ねた。激しく舌を吸いあったので、智恵美の眼から涙が流れ落ちていく。圭一郎はそれを舌で拭《ぬぐ》い、ストロークのピッチをあげていく。ずんずんっ、ずんずんっ、といちばん奥を突きあげる。

「あああっ……はぁあああっ……はぁああああああーっ！」

智恵美が手放しでよがりはじめる。恋人繋ぎの手を離し、圭一郎にしがみついてくる。圭一郎も抱擁を強め、呼吸を忘れて怒濤の連打を送りこんでいく。智恵美が下から腰を動かす。摩擦の刺激が倍増し、肉と肉との密着感がどこまでも高まっていく。

いつまでもこうしていたかった。

ふたりはいま、たしかにひとつに繋がっていた。ひとつの生き物になったと言っても過言ではなかった。同じリズムで腰を振りあい、心臓の音さえ重なりあっていそうだった。自分はこの瞬間のために生まれてきたのだと誇張ではなく思った。迫りくる恍惚は眼も眩《くら》みそうなほど魅惑に満ちていた。しかし、それが訪れれば、ふたりはひとつでなくなる。別々の人間として、別々の道を歩んでいかなければならない。

……淋しい。

「あぁっ、いやっ……いやいやいやあああーっ！」

智恵美は腕の中で激しく身をよじった。

「イッ、イッちゃうっ……もうイッちゃうっ……イクよっ……イクよっ……ああああっ……はぁあああああーっ！」

獣じみた悲鳴をあげて、ビクンッ、ビクンッ、と智恵美は全身を跳ねあげた。体中の肉という肉がすさまじい痙攣を起こし、圭一郎は彼女を強く抱きしめた。

圭一郎にも訪れていた。オルガスムスにのたうちまわる女体を突きあげる快感に、我を忘れてむさぼるように腰を使った。限界は、

「こっちもだっ……こっちも出すぞっ！」

フィニッシュの連打を打ちこみ、ぎりぎりまで射精を我慢して男根を抜いた。

「あああっ……はぁあああっ……」

智恵美があえぎながら右手を伸ばしてくる。圭一郎がつかむ前に、彼女の体液でヌルヌルになった男根をつかみ、したたかにしごきはじめる。

「でっ、出るっ……もう出るっ！」

圭一郎は上体を起こしてのけぞった。ドクンッ、と体の内側で爆発が起こり、痺《しび》れ

るような快感が尿道を駆けくだっていく。衝撃が頭のてっぺんまで響いてくる。ドクンッ、ドクンッ、と放出しながら天を仰《あお》ぐ。智恵美はまだ男根をしごいている。最後の一滴まで絞りとろうという意志が伝わってくる。

「おおおおっ……おおおおっ……」

圭一郎はだらしない声をもらしながら、半狂乱で身をよじった。射精は長々と続いた。永遠に終わらないのではないかと思った。怖いくらいの快感に、体中の震えがとまらなかった。ぎゅっと眼をつぶると、まぶたの裏に喜悦の涙があふれてきた。

6

最後のシャワーを別々に浴びた。

圭一郎が先に浴び、バスルームから出てくると、入れ替わりに智恵美が部屋からいなくなった。

射精をしてから三十分以上ベッドの上でまどろんでいたのに、まだ頭がぼんやりしている。もう年なのだ。これが最後の逢瀬なら、二回でも三回でも挑みかかっていきたいが、五十路の精力では無理だった。前に一度チャレンジさせてもらったことがあるが、中途半端でしらけた終わり方になった。それ以来、一度の逢瀬で一度の射精しか求めないと決めた。

ホテルを出ればさよならだった。

哀しみに浸りたくても、なにしろ放心状態なので、自分の感情の動きすらよくわからない。

服を着てソファに腰をおろすと、テーブルに置かれたメニューの束が眼にとまった。智恵美と付き合うようになってから、十回以上ラブホテルを利用しているが、最近のラブホテルは、昔に比べてかなり気の利いた食事ができるようになっているようだった。

しかし、メニューを見て苦笑がもれた。

蕎麦《そば》屋に寿司屋に鰻《うなぎ》屋……ケータリングでもデリバリでもなく、昔ながらの出前である。さすが昭和の遺物のようなラブホテルだった。利用者の好みも、昔懐かしいものなのかもしれない。

「なに見てるんですか?」

バスルームから出てきた智恵美が、メニューをのぞきこんできた。急によそよそしい雰囲気がしたのは、きちんと服を着ていたからだ。ピンク色のニットにチェックのミニスカート。ベージュのコートを着て、アンクルブーツを履けば、人妻というより女子大生である。

「そういや腹が減ったなと思って見ていたんだが……こんなものしかないんだ。外でなにか食べよう」

「えー、いいじゃないですか、せっかくだから、ここで食べましょうよ。わたし、鰻がいいな」

無邪気な笑顔で智恵美は言ったが、外で食事をすることを嫌っているのは明白だった。探偵の尾行を恐れているのである。となると、このホテルから出ていくのも時間差で別々か……。

あまり気が進まなかったが、圭一郎はフロントに電話をして鰻の出前を頼んだ。我ながら未練がましい態度だった。このまま解散するくらいなら、気の進まない食事をするほうがマシだった。一分でも一秒でもいい、智恵美と同じ空気を吸っていたかった。

三十分ほどで鰻が届いた。

ソファに並んで腰をおろし、重箱の蓋を開けた。香ばしい匂いに鼻腔《びこう》をくすぐられ、さすがに食欲がわいてくる。

「すごい綺麗……」

智恵美が重箱を持ち、まじまじと鰻を見つめる。気持ちはよくわかる。脂ののった照りが美しく、見た目にも美味が伝わってくる。メニューはシミだらけでみすぼらしかったが、意外に名の通った老舗《しにせ》なのかもしれない。

「おいしい！」

ひと口頬張った智恵美が、眼を丸くする。

「なにこれ、すごい……こんなにおいしい鰻、食べたことない」

圭一郎も食べてみる。なるほど、見かけ倒しではなく、旨《うま》い鰻だった。表面はこんがり焼け、中はふっくら。なによりタレの濃厚さに魅了される。ピリリと辛い山椒《さんしょう》をかけると、味が引き締まってさらに旨くなる。

職人が鰻屋の軒《のき》先で団扇《うちわ》を扇《あお》いでいる光景が眼に浮かんでくるようだった。もくもくと路上に流れでた白い煙が、行き交う人々に生唾《なまつば》を呑みこませる。職人は寡黙《かもく》に鰻を裏返し、焼き加減に眼を光らせる。そして、香ばしく焼けた鰻を、年季の入ったタレ壺にちゃぽん……。

「えっ？　やだ、嘘でしょ」

智恵美が再び眼を丸くする。

「鰻が二段重ねになってるじゃないですか。わたし、初めてですよ、二段重ね食べるの」

「そうか……ならよかった」

圭一郎は力なく微笑《ほほえ》んだ。

これが最後の食事と思えば、いちばん高いものを頼まずにいられなかった。圭一郎は普段、二段重ねを頼まない。鰻重《うなじゅう》の醍醐味は、タレの染《し》みたごはんにこそあると思うからだ。鰻を二段に重ねると、ごはんの量が減ってしまう。

いや、そんなことより……。

無邪気にはしゃいでいる智恵美の態度が、哀しくてたまらなかった。なるほど、この鰻は旨い。二段重ねを食べるのだって初めてなのかもしれない。

しかし、食べおえたあとに待っているのは、心が凍《い》てつくような別れなのだ。ふたりはもう二度と会うことなく、体を重ねることもない……。

だが。

ふと気づくと、智恵美の箸《はし》がとまっていた。

体が小刻みに震えていた。

「……どうかした？」

「……ごめんなさい」

智恵美はテーブルに重箱を置き、両手で顔を覆った。食事が喉に詰まったわけではなさそうだった。その証拠に、肝吸いにもお茶にも手を伸ばさない。やがて嗚咽《おえつ》をもらしはじめたので、圭一郎は本気であわてた。

「やだ、もう、わたし……」

智恵美は眼尻の涙を拭いながら、震える声を絞りだした。

「泣かないって決めてたんですけど……なんか……鰻がとってもおいしくて……うらん、先生と一緒だとなにを食べてもおいしくて……すごく楽しいのに……楽しくてしようがないのに……」

圭一郎も鰻重をテーブルに置いた。

「わかってたつもりなんですけどね、不倫なんかしちゃいけないって……わたし、こう見えて、身持ちが堅いほうなんです。夫のこと好きだから……浮気なんかしたの初めてだし……だから、一回だけのつもりでした。一回でいいから思い出が欲しかったけない……夫が探偵なんか雇わなくても、終わりにしなきゃいけない、終わりにしなきゃいけないって、毎日毎日、朝から晩まで自分を責めて……でも、後悔はしてません……それはもう、自分でもびっくりするくらい……本当に楽しかったから……ありがとうございます、先生……本当にありがとう……」

智恵美は両手で顔を覆い、号泣しはじめた。

圭一郎は大きく息をついて、天を仰いだ。

この鰻重のように、彼女と二段重ねの人生を歩めたなら、どれだけよかっただろう。

考えても詮無いことだった。人生には取り返しのつかないことがある。取り返しがつかないからこそ、美しいことだって……。

智恵美は泣きつづけ、圭一郎も熱い涙で頬を濡らした。

一〇〇字書評

裸飯

切・り・取・り・線

購買動機（新聞、雑誌名を記入するか、あるいは○をつけてください）

□（　　　　　　　　　　　　　　　　）の広告を見て
□（　　　　　　　　　　　　　　　　）の書評を見て
□ 知人のすすめで　　　　　　　　□ タイトルに惹かれて
□ カバーが良かったから　　　　　□ 内容が面白そうだから
□ 好きな作家だから　　　　　　　□ 好きな分野の本だから

・最近、最も感銘を受けた作品名をお書き下さい

・あなたのお好きな作家名をお書き下さい

・その他、ご要望がありましたらお書き下さい

住所	〒				
氏名		職業		年齢	
Eメール	※携帯には配信できません	新刊情報等のメール配信を 希望する・しない			

この本の感想を、編集部までお寄せいただけたらありがたく存じます。今後の企画の参考にさせていただきます。Eメールでも結構です。

いただいた「一〇〇字書評」は、新聞・雑誌等に紹介させていただくことがあります。その場合はお礼として特製図書カードを差し上げます。

前ページの原稿用紙に書評をお書きの上、切り取り、左記までお送り下さい。宛先の住所は不要です。

なお、ご記入いただいたお名前、ご住所等は、書評紹介の事前了解、謝礼のお届けのためだけに利用し、そのほかの目的のために利用することはありません。

〒一〇一 - 八七〇一
祥伝社文庫編集長 坂口芳和
電話 〇三（三二六五）二〇八〇

祥伝社ホームページの「ブックレビュー」からも、書き込めます。
http://www.shodensha.co.jp/bookreview/

祥伝社文庫

裸飯《はだかめし》　エッチの後《あと》なに食《た》べる？

平成29年11月20日　初版第1刷発行

著　者　草凪優《くさなぎゆう》
発行者　辻　浩明
発行所　祥伝社《しょうでんしゃ》
東京都千代田区神田神保町3-3
〒101-8701
電話　03（3265）2081（販売部）
電話　03（3265）2080（編集部）
電話　03（3265）3622（業務部）
http://www.shodensha.co.jp/
印刷所　萩原印刷
製本所　ナショナル製本
カバーフォーマットデザイン　芥 陽子

Printed in Japan ©2017, Yū Kusanagi　ISBN978-4-396-34371-2 C0193

祥伝社文庫の好評既刊

草凪 優　どうしようもない恋の唄

死に場所を求めて迷い込んだ町で、ソープ嬢のヒナに拾われた矢代光敏《やしろみつとし》。やがて見出す奇跡のような愛とは？

草凪 優　ろくでなしの恋

最も愛した女を陥《おとしい》れた呪わしい過去……不吉なメールをきっかけに再び対峙した男と女の究極の愛の形とは？

草凪 優　目隠しの夜

彼女との一夜に向け、後腐れなく〝経験〟を積むはずが……。大学生が覗き見た、抗いがたい快楽の作法とは？

草凪 優　ルームシェアの夜

優柔不断な俺、憧れの人妻、年下の恋人、入社以来の親友……。もつれた欲望と嫉妬が一つ屋根の下で交錯する！

草凪 優　女が嫌いな女が、男は好き

超ワガママで可愛くて体の相性は抜群。だがトラブル続出の「女の敵」！　そんな彼女に惚れた男の〝一途〟とは⁉

草凪 優　俺の女課長

知的で美しい女課長が、ノルマのためにとった最終手段とは？　セクシーな営業部員の活躍を描く、企業エロス。

祥伝社文庫の好評既刊

草凪 優　**俺の女社長**

清楚で美しい女社長。ある日、もう一つの〝貌《かお》〟を知ったことから、彼女との切なくも甘美な日々が始まった……。

草凪 優　**元彼女《モトカノ》……**

別れて三年、ふいに甦《よみがえ》った元彼女の肢体……。過去と現在が狂おしく交差する青春官能の傑作。

草凪 優　**俺の美熟女**

俺は青いリンゴより熟《う》れきったマンゴーの方が断然好きだ——。熟女の滴《したた》るような色香とエロスを描く傑作官能。

草凪 優　**奪う太陽、焦《こ》がす月**

意外な素顔と初々《ういうい》しさ。定時制教師・浩之《ひろゆき》が欲情の虜《とりこ》になったのは、二十歳《はたち》の教え子・波留《はる》だった——。

草凪 優ほか　**秘戯E(Epicurean)**

草凪優・鷹澤フブキ・皆月亨介・長谷一樹・井出嬢治・八神淳一・白根翼・柊《ひいらぎ》まゆみ・雨宮慶

草凪 優ほか　**秘本 緋の章**

溢《あふ》れ出るエロスが、激情を掻《か》きたてる。草凪優・藍川京・安達瑶・橘真児・八神淳一・館淳一・霧原一輝・睦月影郎

〈祥伝社文庫　今月の新刊〉